中公文庫

中央公論新社

目次

千の扉　7

解説　岸政彦　311

千の扉

急に日が落ちるのが早くなり、思いのほか暗くなった道を、彼女は急ぎ足で歩いていた。曲がる角を間違えて、遠回りになった。通ったことのある道だが、下り坂は人も見当たらず、うら寂しかった。

コートの前をぎゅっと重ね合わせた。擦《す》り切れた袖口が掌《てのひら》に触れ、そろそろ丈を詰めようか、と考えた。坂を下りきると、窓の明かりが並んでいた。音楽が聞こえてきた。空襲で焼け落ちる前の家にあったレコードで聴いた曲を、彼女は思い出した。しかし、聞こえてくるその音がなんの楽器なのか、すぐにはわからなかった。彼女は立ち止まり、オレンジ色の明かりが灯《とも》った窓を見た。

平屋の建物で、小さな庭もあった。隣も向かいも、皆同じ造りだった。

バイオリン、とようやくその名前が浮かんだ。旋律が穏やかな波のように彼女のそばを流れていった。彼女はしばらく、そこに立ちつくしていた。練習しているのか、同じフレーズが冷たい風に乗って何度も繰り返し聞こえてきた。

ふと、道の先に、人影があるのに気づき、彼女は身を固くした。

生け垣の前に立っている男は、こちらにはまったく意識を向けておらず、バイオリンの旋律が聞こえてくる窓を眺めていた。痩せた、若い男だった。

バイオリンの音が、止《や》んだ。男は、歩き出そうとして、彼女を見た。すぐそばの家の電灯がつき、男の顔をかすかに照らした。

1

四階までの階段を上るには、いまだに気力を要する。

千歳《ちとせ》は、階段の手前から自分の部屋の窓を見上げて、大きく息をついた。両手に提《さ》げたスーパーの袋が重い。缶ビールを買わなければよかった、と少し後悔した。

階段へ続く小道の両側には、一階の住人が植えた花が、日差しを浴びて目に痛いほどの発色で咲いている。赤、ピンク、白、オレンジ。ベゴニア、インパチェンス、ユリ。この数日で急に花が開いたタチアオイは、千歳よりも背が高い。

気配がして振り向くと、老女が小ぶりのショッピングカートを引き摺《ず》って歩いてきた。隣の部屋、四〇二号の川井《かわい》さんだった。

「こんにちは」

千歳が声をかけると、猫背の老女は上目遣いに確かめるように見た。

「こんにちは」

「お手伝いしましょうか」

引っ越してすぐの日曜に一斉清掃の当番が回ってきて、そのときも挨拶はしたが、まともに顔を合わせたのはそれ以来だった。

「それは、どうも……」

川井さんは、まだいぶかしげだったがうなずいた。千歳は、ショッピングカートを持って、川井さんのごくゆっくりした歩みに合わせて階段をあがった。ショッピングカートは意外に軽かったが、二つまとめて持ったスーパーの袋が左手の指に食い込んで痛かった。

「川井さんて、ずっとこちらにお住まいなんですよね」

「そうですけど……」

「昔からこの団地に住んでらっしゃる方のこととか、よくご存じなんですか？」

「ええ、まあ……」

客観的に見て、怪しい。千歳は、自分と川井さんの姿を四コマ漫画ふうに思い浮かべてみた。一人暮らしの老人に近づいて急に親切に振る舞う、越してきたばかりの住人。しかも、本来の借り主が入院中に住み着いている、不法とは言わないまでも、正規の住人ではない、無職の女。四コマ目のオチはなんだろう。

「日野《ひの》さんは、いつ戻ってこられるの？」

急に聞かれて、千歳は言い淀んだ。

「そうですね、もうすぐだとは思うのですが、まだちょっと体調が戻らないようで……」

ますます怪しいではないか。今度は、サスペンスふうのストーリー、いや、ワイドショーの解説図が頭に浮かぶ。老人の死体を隠し、年金をだまし取る孫夫婦。

あらあ、そうなの、と、川井さんは同情とも疑念とも取れる、低い調子で返した。

わからないことばかりなのでいろいろ教えてください、と千歳が笑みを向けると、川井さんは曖昧《あいまい》な表情を浮かべて小さく礼を述べ、四〇二号室のドアの向こうに消えた。ドアが閉まる寸前に、線香のにおいが漂った。仏壇がある家だ、と千歳は不意に思った。

階段の踊り場を見下ろすと、大きな開口部の先にある欅《けやき》が風で揺れた。さざ波のようなその動きに目をやったまま、千歳は、首元の汗を手の甲でぬぐった。まだ六月だが、暑い。年々、温度も湿度も上がってきている気がする。

買ってきたものを冷蔵庫に収めて、発泡酒を一本持って窓の前に腰を下ろした。窓の外には、別の棟が見える。千歳が住む棟とまったく同じ建物。そのベランダにも、下の道にも、人の姿はない。

発泡酒は、ぬるくなりはじめていた。やはり夜まで待てばよかったか、と思いつつ、テレビの隣に置いた時計を見ると、午後三時だった。

この四〇一号室に住み始めてまだ三週間。すでに部屋の中は目をつぶってでも歩けるほど馴染んでいる。同じだったからだ。部屋の広さも数も、玄関を入ってすぐ右に台所、左側に三畳の部屋なのも、同じ。生まれてから高校二年まで暮らした部屋と、築年から平米《へいべい》数、窓の形までほとんど、一致していた。

ここは東京の都営住宅で、子供のころ住んでいたのは大阪の市営住宅、という以外に違うのは、部屋中の壁が全体に薄茶色に変色していることだ。今でもこの部屋の世帯主として登録されている日野勝男《かつお》が、毎日煙草を吸っていたからだった。三十五号棟まである広大な団地の最初の数棟が建てられたすぐあとから住んでいるから、四十年以上。畳の上に重ねた絨毯《じゅうたん》に、千歳は寝転んだ。煙草のにおいがする。仰向けになって体を伸ばすと、手も足も必ずなにかに触れる。冬はこたつになる座卓の脚、洋服簞笥《だんす》、カラーボックス、重ねた雑誌。二人の住人がいたところに千歳の荷物を無理に詰め込んだ部屋は、かなり狭い。天井からぶら下がった電灯を眺める。和風の笠がついた丸い蛍光灯。これも、見覚えがある。自分の家にあったのかもしれないし、近所の誰かの家かもしれない。

こうして転がっていると、同級生が呼びに来るような気さえしてくる。三号棟の五階の、七号棟の八階の、八号棟の二階の同級生たちが、ちーとーせーちゃん、と。そのうちの誰にも、もう二十年以上会っていないし、どうしているのかも知らないが。

横向きに体を起こして、肘《ひじ》をつく。窓からは、よく晴れた空が見えた。

自分はもしかして、あの市営住宅のあの部屋にまだいるんじゃないか、と考えてみる。二十五年。その間に行った高校も大学も、会社勤めをしていたことも、いくつもの仕事も、全部、たいした意味はなく、眠っている間に夢を見たようなもので、実は同じところにずっといた。ほんとうにそうだとして、その経験を得てできあがった内面を保ったままもう一度小学生として学校へ行けるならおもしろいだろう。もちろん、そんなことはない。三十年分の時間は確実に過ぎていて、自分自身がその時間を確実に使っている。どう見ても小学生ではないし、宿題をきちんとやり終えてから遊びに行って誰とでも仲良くできる優秀な子供に今度はなれるなんて、馬鹿げた夢に過ぎない。

それに、もし、今までの経験をふまえてもう一度小学生になって夏休みが来て宿題を出されても、やっぱりぎりぎりまでやらない気がする。なんとかなる、とわかっているだけに。そして、中学、高校と、同じような間違いをして同じような後悔をする。その想像のほうが、千歳にとっては現実的だった。

五階建ての棟の先には、高層棟が見える。何階建てなのか、ぱっと見たところはわからない。以前住んでいた市営住宅にも五棟あった高層棟は十一階建てだったから、ここも十一階か十二階だろう。あの部屋ならきっと、新宿の高層ビルまで見通せる。この四階の部屋も、欅や桜のおかげで景色はいいのだが、他の棟はどんな感じなのか、覗いてみたかった。

この都営団地には、三千戸もの部屋があった。三千の部屋に、七千人近い人間が住んでいた。

そしてそのどこかに、三千のドアのどれかの中に、わたしの探している人がいるはず。千歳は、窓縁《まどべり》に座って、膨大な数の窓とベランダを眺めた。


「隣の川井さんって、だんなさんは亡くなったん？　ずっと一人暮らし？」

午後十一時を過ぎて帰宅した夫の永尾《ながお》一俊《かずとし》は、千歳が作った鶏肉と茄子《なす》の煮物と自分が帰り道で買ってきた手羽先の唐揚げを食べていた。鶏肉が重なっても、気にならないようだ。

「前は、誰かいた気がする」

食べながら、目はテレビに向いている。猫をひたすら映した番組だった。ベランダ側も反対側も窓を開けているので、風が通る。ぬるくて湿った夜の空気が、ときおりどこかの家のテレビの音を運んでくる。人の声は、聞こえない。

「誰かって、誰や」。千歳は笑いながら「隣やのに」と続けた。

「同級生でもいなけりゃ、わかんないって。人んちのことなんか」

見ているテレビ画面の中の猫が動くと一俊も同じ方向に動く。こんな動画を、インターネットで見た。猫が画面の中の猫に釘付けになっている姿だった。一俊のシルエットは、猫と違ってもっとずんぐりしているが。

千歳と一俊は、一か月前に結婚した。新婚、と呼ばれる範囲ではあるが、人からそう言われたことも、自分たちで思ったこともなかった。一俊は三十五歳、千歳は三十九歳。結婚式やパーティーの類《たぐい》はなにもしなかったし、一俊の祖父が四十年以上住んでいる部屋をそのまま使っているので、新生活の目新しさもなかった。

「勝男さんよりはちょっと若いよねえ」

「年齢なんて、考えたことなかった」

確かに自分も、子供のころは祖父は単に「おじいちゃん」で正確な年齢など知らなかったが、一俊はこの部屋で二年前から勝男と暮らしていたのに、と千歳は少しあきれる。一俊のこういう無頓着さは、自分にとっては気楽で、だから結婚したのかもしれないが。

「年取ったら個人差が大きいけどね」

「そうじゃない?」

無頓着、というより、聞いていないだけかもしれない。

「一九三〇年生まれやんね?」

「誰が?」

「勝男さん」

一俊は、子供のころにもこの部屋で勝男と二人で暮らしていたことがあった。六年間、両親と離れてここで小学校と中学校に通った、と、初めてこの団地に千歳を連れてきたときに、話した。

「ああ」

別の話かと思うほど間があいた後で、一俊はつぶやいた。

「じいちゃんか」

テレビの中の猫は、眠っていた。


勝男は、二か月前、大腿骨を折って入院していた病院で、千歳に言った。

「あんただけに、教えるんだからな」

六人部屋の病室には、そのとき、他の五つのベッドにすべて人がいた。窓は開いていて、クリーム色のカーテンが風で揺れていた。

勝男は、声をひそめ、左右を窺《うかが》い、さらに首を伸ばして、一俊が廊下を戻ってくる気配がないことを確かめた。

「カズ坊には、言うんじゃねえぞ」

照れくさいのだろう、と千歳は思った。

家族には、個人的な話はしないものだ。誰に会ったとか、なにが好きだとか、そんな話をしないのが家族だから。

しばらくして、看護師といっしょに一俊が戻ってきた。

「じゃ、また来るから」

「近所の人とうまくやっといてくれよ。おれは絶対、あの家で死ぬんだから」

「そんなにいいところかな」

「そりゃ、こんなとこで死にたくねえに決まってるだろ」

ちょっと、と一俊は慌てて病室を見回した。

その二週間後、日野勝男は、次女であり、一俊の母親である永尾圭子《けいこ》の家に完治するまでの予定で移った。

そして千歳は、勝男と一俊が住んでいた都営住宅の部屋に引っ越した。

千歳は、昼前に部屋を出た。

年配の人は生活が規則正しい。と、結婚相手の両親と同居した友人が言っていたし、窓から外を眺めていても実感した。団地内をうろうろしているのをしょっちゅう目撃されると怪しまれるかと考え、時間や歩くコースを変えている。五階建ての棟を過ぎ、植え込みの間から急な階段を下りた。階段は幅が狭いうえに、途中で曲がっている。東京の土地は細かな高低差が入り組んでいるのが特徴だが、この広大な団地の敷地も、崖のような場所があったり、なだらかな窪地があったりと、かなり複雑な地形だった。

そして、その中心には、山がある。標高四十四メートル。山手線内でいちばん標高が高いとはいえ、見た目はちょっとした丘という程度だから、遊歩道の脇に設置された「登山道入口」という看板を大げさだと千歳は笑ったが、実際に上ってみるとけっこうな急斜面で、確かに「山」だと思った。この一帯は、江戸時代に武家屋敷の庭園が造られた。川を流し、大きな池を掘り、その土を盛って山ができた。滝や宿場町を模した町並みまで作った。

今、山の頂上には、その来歴や「登山証明書」を発行する旨が書かれた案内板がある。

欅の梢《こずえ》で視界が遮《さえぎ》られるが、それでも団地の高層棟、すぐ近くにある大学の校舎、新宿の超高層ビルが、ぐるりと見渡せる。欅の大木に覆われた斜面は森のようで、ここが新宿からすぐの場所とは思えない。この山に毎日登っていた勝男は、登山証明書をもらったことがあるだろうか、と、千歳は青い空から降ってくる痛いほどの日差しを手で遮りながら思った。

日焼けしそうだったので、千歳は頂上から下りた。斜面の途中の小さな広場でベンチに腰掛けると、どこからか猫が現れた。写真を撮ろうと思ってポケットに手を入れると、餌をくれると思ったのか、猫はするりとベンチに上がってきた。すぐそばには小さな教会があり、附属幼稚園の子供たちが歌を歌いはじめた。

一俊が日野勝男と暮らし始めた年の暮れに、この場所で特撮ヒーローものの撮影があった。

一俊は、小学校を休んでいた。行きたくない、と勝男に言うと、行きたくねえんなら休みゃあいいじゃねえか、と返事が返ってきた。それから勝男は、いつも通り仕事に出かけていった。部屋に一人でいても退屈で、一俊は外に出た。近所の人に学校はと言われたらなんと言い訳しようかと考えていたが、山に着くまで誰にも声をかけられなかった。

教会の建物の陰から、カメラや特大サイズのマイクを持って動き回る人たちを覗いた。ヒーローは、変身する前だった。特撮ヒーローなんて幼稚なものはもう卒業した、と思っていた一俊は、初めて見る機械のほうに興味があった。

主演俳優は、スタントなしでアクションをこなすという触れ込みで売り出し中だった。二十七歳の彼は、一俊からよく見える場所で監督の指示を聞いていた。茶色い革ジャンを着て、背が高かった。その先の折りたたみ椅子には、黒いスーツを着た年配の男がゆったりと座っていた。マッドサイエンティスト役のそのベテラン俳優は、主演俳優が演技の道を志したときから憧れの存在だった。名脇役と言われるベテラン俳優は、噂通り気むずかしそうで、主演俳優は緊張していた。

今回のゲスト出演者である女優の到着が遅れていて、スタッフたちは手順の変更に追われていた。

主演俳優は、子供のころ、この団地に住んでいた。準備を待つ間に山の頂上まで登って、周囲を見渡した。葉が茂った欅の向こうに、かつて自分が住んでいた棟が見えた。巨大な壁のような高層棟は、日射しを受けて白く光っていた。上から二つ目、左から、五、六、七……。主演俳優は、住んでいた部屋を確かめた。ベランダには、派手な柄の毛布が干してあった。自分とはなんの関係もない誰かがそこで暮らしているのは、妙な気分だった。

いつの間にか、ベテラン俳優が隣に立っていた。

ぼく、あそこに住んでいたんです。

主演俳優が言うと、ベテラン俳優は答えた。

そう。

主演俳優がここに住んでいたのは、十四年前。中学の一年から二年にかけてのほぼ一年ほどだった。父親の再婚相手だった二十六歳の女、それから急に義理の妹となった四歳児との生活に、あまりいい思い出はなかった。

この山には、真夜中によく来た。家を抜け出して、小学校の前を通り過ぎ、人がいないのを確かめてから登った。誰にも会わないことは、まずなかった。不良少年たちが、階段や公園の隅でたむろしていた。大きな暴走族のチームがこのあたりを拠点にしていて、何度か喧嘩《けんか》を目撃した。警官が巡回していたから、出くわさないように気をつけた。

狭い部屋で、自分が夜中に出ていくのを父親や義理の母が気づかないはずはなかったが、結局、引っ越すまで何も言われなかった。次の家は、新築のアパートで、倍くらいの広さがあったが、そこでの暮らしも長くは続かなかった。父親は失踪《しっそう》したままだ。

木がずいぶん大きくなって、驚きました。

そうだろうね。

あの、と主演俳優は思いきってベテラン俳優が出演している好きな映画のタイトルをあげた。言い始めると緊張のせいで止まらなくなった。あの場面が最高で、あの映画は池袋に見に行ったんですけど。支離滅裂だと自分でも思ったが、ベテラン俳優は、そう、そう、と穏やかな笑みで頷《うなず》いた。

女優がようやく到着した。マネージャーが謝罪の言葉を繰り返すのに合わせて、十九歳の女優は隣で頭を下げた。前の仕事が長引いたのだった。ここから歩いても十五分ほどの距離にあるテレビ局で、バラエティ番組のアシスタントの仕事だった。収録中に、司会者から食事に誘われた。人気がある漫才コンビの一人。同じ事務所のアイドル歌手から、その司会者にシャネルのバッグを買ってもらった、日本に数台しかない高級車に乗せてもらった、と聞いていたこともあり、事務所に禁止されてるんです、と言って笑顔でごまかした。来週もまた収録があるのを、面倒に思った。

女優の出演シーンの撮影は、ベテラン俳優のシーンの後に変更されていた。怪人に弟をさらわれ、特装救急警察に助けを求めるが、彼女自身もまた闇の秘密結社に狙われる。

今は、山の頂上でベテラン俳優演じるマッドサイエンティストの博士が、手下の悪徳刑事に指令を出していた。

女優が頂上から下った広場のベンチで出番を待っていると、猫が斜面を上ってきた。女優に近づくと、彼女の脚に身をすりつけながら、ぐるぐると回った。黒と茶色が斑《まだら》の、焦がしてしまったトーストみたいな色味の毛だった。へんな猫、と女優は思った。子供のころから喘息《ぜんそく》があって、動物、特に猫を触ると呼吸困難になるから、飼ったことがないのはもちろん、撫《な》でたり近づいたりしたこともなかった。

そばにいた主演俳優が、しゃがんで猫を撫でた。錆《さ》び柄の猫って、かわいいっすよね。サビ？　と女優は聞き返した。主演俳優は、それが聞こえなかったのか、錆び柄って雌ばっかりなんですよ、三毛と同じで、と言った。

へえ、そうなんですか、と女優は気のない返事をした。その柄を「錆び」と呼ぶことも、三毛猫が雌ばかりだと言うことも、その時に知った。

おれ、子供のころにここに住んでたんですよ。ちょっとだけだけど。

慣れた手つきで猫をぐしゃぐしゃと触る主演俳優を、女優は見下ろした。わたし、と、女優は言いかけた。テストいきまーす、と声がかかった。テストも本番も拍子抜けするほどすんなりと終わった。主演俳優はまだ撮影があり、女優は取材があったので、猫の柄のことも、女優の母親がこの団地に住んでいることも話すことはなく、二人が会うことは二度となかった。主演俳優はその二年後に、女優は四年後に、芸能界を離れて別の仕事に就いた。

千歳にすり寄ってきた猫は、三毛でも錆びでもなく、鯖《さば》トラだった。体が大きいので、おそらく雄だろう。耳は、避妊手術を終えた印のカットがされている。千歳が先月まで住んでいたところでも、たまに見かける猫はほとんど耳がこうなっていた。病院に連れて行ったり世話をしている人がそれだけいるということだが、その姿を見かけたことがないのが、不思議でしかたなかった。

千歳も猫にアレルギーがあるから、鯖トラを撫でなかった。山を下り、蛇行した道を歩いた。いくつも小さな公園というか遊び場があるが、遊ぶ子供の姿はまったくない。近くの託児所の子供たちが列を作って通り過ぎて行っただけだった。

団地の北東部分のグラウンドがある公園を抜け、新しい校舎を建設中の大学沿いに歩き、神社と寺のある交差点を進んだ。そのあたりから急に人通りが増える。静かすぎる団地の中とは、別の街のようだ。

日野勝男は、一九七〇年に団地に入居したが、それ以前からこの近くに住んでいた。江戸川橋にあった印刷会社で、配達の仕事をしていた。

そのことは、勝男の次女であり、一俊の母である永尾圭子にも確認済みだった。圭子は、この団地から電車で四十分ほど西に行った郊外に、夫と住んでいる。日野勝男が病院から圭子たちの部屋に移った後で、千歳は一人でそこを訪ねた。駅からバスに乗ると、欅の大木が並ぶ道を通った。古代遺跡の柱みたい、と千歳は見上げた。遺跡に行ったことはないが、そう思った。畑や雑木林の残る先に、団地の建物が見えた。五階建てが六棟。都営ではなく公団住宅、今で言うところのUR。一階で、部屋の前にある庭の手入れが圭子の趣味だった。

勝男のベッドは、ベランダ側の和室に置かれていた。寝たきりというわけではなく、千歳が一人で訪ねたそのときも、ベランダに折りたたみの椅子を出してもらって座っていた。ベランダの柵の下に、白い花が咲いているのが見えた。あの部屋は四階だからねえ、とその姿を見ながら圭子は言った。一階かエレベーターのある棟に移れたらいいんだけど。実際、高齢を理由に団地内の別の部屋に移ることはできるのだが、希望者が多いうえに滅多に空き部屋が出ないので、申請してもいつのことになるかわからない。それに、勝男も今さら別の部屋に替わりたくないようだ。

千歳がベランダに出ると、勝男は振り向いた。

「どうだい。楽しいだろ、あそこは」

「はい」

「おれがいたら、いっぱいいいとこに連れてってやるんだけどな」

「なんですか、いいとこって」

「秘密のトンネルとかさ」

「そんなのあるんですか。どこに？」

「埋められたってことになってるけど、そんなのは表向き。あんたも聞いたことあるだろ、戦時中に作られた要人専用の地下道があるって。そこともつながってんだ」

「あ、その話知ってます。ほんとなんですか」

「人の話をなんでも真に受けちゃいけねえよ。だまされちゃうよ、ほら、今、多いだろ、なんとか詐欺」

勝男の話や記憶におぼつかないところがあるとは、千歳には思えなかった。多少、言葉が聞き取りにくいことがあったり、こちらの言ったことが通じていなかったりすることはあるが、八十五歳という年齢相応の範囲に思えた。足腰が衰えただけでなく、認知症の心配を圭子がしたのも、二年前に失業中だった一俊が勝男と同居することになった理由だった。鍋を焦げつかせて危うく火事になりかけたし、別の棟の部屋に間違えて入ったらしい。病院の診察でも今のところは注意深く経過を見るということではあったが、圭子は勝男を一人にするのは不安なようだ。もっとも、あの団地では千歳だって他の部屋と間違えそうになることはある。最初の一週間は、団地内で迷うこともあった。

「えー。ちょっと期待しましたよ。だって、あの団地、いかにもそういうのありそうじゃないですか。東京の真ん中なのに木が鬱蒼《うっそう》としてるし、山のところにもほら、戦前の建物が残ってますよね」

「もうすぐしたら帰れるだろ。そしたら教えてやるよ」

待ってます、と千歳は答えた。

四階はもう無理じゃないかなあ、とその前の夜にも一俊は言っていた。

勝男の骨折がなければ、一俊と千歳は、団地から歩いて十五分ほどの場所にアパートを借り、勝男の生活を手伝いに行くことにしていた。アパートの契約に行く前日に勝男が階段を踏み外し、千歳の引っ越し先は変更になった。

千歳は、ベランダで外を眺めていた勝男の皺の深い横顔を思い浮かべた勝男の怪我《けが》がなかったら、この通りを反対方向に行った先のアパートに一俊と住んでいたはず、と実現しなかった生活を思い浮かべた。交差点で学生たちに混じって信号待ちをしていると、会社に勤めていたころにも、この大学の近くに一度だけ来たことがあったのを思い出した。

千歳は、大学を卒業した後、神戸にあった服飾雑貨の会社に就職し、その四年後に、東京の関連会社に移った。このあたりにあったカタログ制作の会社を訪れたのは、東京の事務所に勤め始めてまもないころだった。

大きくカーブした坂の途中の、一階が喫茶店のビルで、と記憶をたぐってみるが、しばらく歩いても、一致する建物は見当たらない。もう十年以上前のことだ。マンションかなにかに建て替えられたのだろう。そんなに古いビルではなかったが、東京では建て替えられるのに古いか新しいかは関係がないようだ。あのとき話した人は今頃どうしているだろう、と千歳はぼんやり思いながら歩いた。同じくらいの年の、まだちょっと頼りない感じの男だった。こちらの希望を伝えても、要領を得ない返答だった。

千歳は五年前まで、その会社に勤めていた。事務所は、浅草橋と御徒町《おかちまち》の中間にあった。辞める前の一年ほどでスカイツリーの鉄骨が道の向こうに姿を現してどんどん育っていったが、半分ほどまでしか確かめられなかった。体調を崩して退職して以来、その場所には行ったことがなかった。完成したタワーを見たのは、今年になってからだった。学生時代の友人が大阪から遊びに来て浅草に行ったときだ。橋の向こうにそびえる青くライトアップされた建造物は、幻みたいだった。夜だったこともあり、どれくらい大きいのか、どれくらいの距離にあるのか、つかめなかった。暗い空に投影された映像に思えた。

大学のキャンパスは団地よりもさらに広く、いくつかに分かれていて、道路も街も大学の中にあるように感じる。商店街にある店にはイベントや資格取得のポスターが貼《は》られ、歩いているのも学生や職員ばかりだ。

千歳が京都で通った大学は小規模で、街の中心部から離れた場所にぽつんとあった。こみたいな何万人も学生がいる大学に入っていたら全然違う学生生活だろう、と思うが、羨ましいというのでもなかった。大学という名前は同じでもその四年間にどんなことをして過ごすのか自分には想像できないことが、気に掛かるのだった。

スマートフォンの地図で自分がいる位置を確かめ、まだ歩いていない一角に足を向けた。坂を下り、大通りから一本入ると、賑《にぎ》やかさは消えた。真新しいマンションが並ぶ一方、これから開発されるらしき駐車場の隣には古い木造家屋が残る路地があった。住んでいるのかいないのかわからないシャッターが下りたままの店舗付き住宅、取り壊し予定の表示がかかったアパート。昔はこのあたりは商店がもっとあったようだ。歩いている人は少ない。団地の中も、何千人もの住人がいるとは思えないほど歩いている人を見かけないが、東京は駅や大通りから離れるとすぐに静かな場所になる。静かすぎる、とも思う。

千歳は、五年前に服飾雑貨の会社を退職したあとは、二年ほどは断続的にアルバイトをし、それから以前の仕事で関わったことのある雑貨の輸入販売会社で契約社員として働いた。

そこの同僚の学生時代からの友人であり、かつ、取引先に勤めていたのが、一俊だった。顔を合わせたのは三度目、長く話したのは忘年会のそのときが初めてだった。長く、と言っても、途中からは千歳の記憶は曖昧だった。残業が続いて寝不足だったので、酔ってしまったのだった。

一週間後に一俊の会社に商品のサンプルを持って行った帰りに、お茶に誘われた。コーヒーを飲みながら、結婚しませんか？　と唐突に言われたときは、誰について、どういう意味のことを言っているのか、わからなかった。忘年会で話しているときに、なんとなくそう思って。一俊は、仕事の話をしているのと変わらない表情だった。

なんていうか、あんまり人に通じなさそうなことを一生懸命しゃべってて、ぼくが聞いたらいいんじゃないかなー、いや、ぼくはその続きを聞きたい、って思ったんですよね。と、一俊は言ったが、いまだに、千歳は、一俊の真意がつかめないでいる。真意、など聞く必要もないかもしれないし、そんなものは元からないとも考えている。

一俊と結婚した真意は、などと誰かに問われても、自分だって説明できないに違いない。誰もが納得するような説明は。

二時間ほど歩いて、団地の公園に戻ってくると、運動部の名前が入ったジャージの女子学生たちがランニングをしていた。まだ日は高く、じっとりと重い空気が肌にまとわりついた。そろそろ、仕事を見つけなければ。千歳は、この数か月のあいだに不採用だった応募先を頭の中で数えた。

一俊は、その日は日付が変わってから帰ってきた。

三十五棟の建物のうち、一階部分が商店になっている棟が、三つある。

千歳の住む棟から近いところは、半分がシャッターが下りたまま、残りはデイサービスの事務所や倉庫になっているが、幹線道路に近い大型棟の下は、まだなんとか「商店街」と呼べる雰囲気が残っている。色の褪《あ》せた万国旗がジグザグにかかっている。今はない国の国旗がないか見上げたが、見つけられなかった。

そこにあるラーメン店に入ったのは、二度目だった。まだ新しい店らしい。外観も白に赤いラインのシンプルなデザインでラーメン屋っぽくないが、入ると券売機があってメニユーもごくオーソドックスな並びだった。

「塩バターコーン」のボタンを押した。ラーメンはいつのまに贅沢品になったのか、と、いちばん奥の席についた千歳は思う。いちばん高いピリ辛味噌《みそ》ねぎチャーシューは千二百円もする。千二百円あったら、イタリアンのランチでドリンクもつけられる、いや、東京ではそれも難しいのか、などとつい考えてしまった。店の入口近くでは、紺色の作業服を着た男が、食べ終わって出ていくところだった。隣のスーツ姿の男は、角度を変えて何度も写真を撮り、スマートフォンになにかメモしている。

ラーメンは、五分ほどで出てきた。小型の穴じゃくしのような、コーンの粒をうまく掬《すく》い取るためのスプーンがついていた。いくらぐらいするのか、ラーメンのコーンを掬う以外になにか使い道があるだろうかと思いを巡らせた。担々麺の挽肉、ミネストローネの野菜……。それ以上は思いつかず、バターの黄色い脂が浮かんだスープをすすっていると、客が入ってきた。

若い女だった。そんなに背は高くないが、頭が小さいのかバランスがよくすらりとして見える。シンプルな黒のミニワンピースにウェッジヒールのサンダル。この団地にも、ラーメン屋にもあまりなじまない外見だった。

席はいくつも空いているのに、いちばん奥にいる千歳の隣に座った。食券をカウンターに置くと、急に千歳の顔を見た。

「永尾くんと結婚した人ですよね」

2

団地内のラーメン店で隣に座った黒いワンピースの似合う若い女は、自分の名前を中村《なかむら》枝里《えり》と名乗ったあと、麺固め、味濃いめ、背脂少なめ、と慣れた様子で注文した。

「すみません、あとつけたりして」

「あ、つけられてたんですか」

「そうですね。お話ししてみたかったんで」

「永尾の、同級生、とかですか」

「兄が。わたしは、手芸部の後輩です」

「手芸部？　ぬいぐるみとか刺繡《ししゅう》とか？」

「いえ、ジオラマですね。駅と商店街とか、里山とか、テーマパークとか。しかも計画してばっかりで、完成するのは一年に一つあるかないか」

「楽しそう」

「楽しかったですね。だから、永尾くんがこの団地に戻ってきていろいろ思い出して。同世代なんて、みんないなくなっちゃったんで」

枝里の前に置かれたラーメンは、いかにも辛そうな真っ赤なスープだった。平然とそれを食べる枝里に、千歳は言った。

「わたし、子供のころに大阪でそっくりな団地に住んでたんですよ。築年数も、間取りもなにもかもいっしょ。きっと日本中に同じような団地があるんでしょうね。量産型団地の量産型わたしたち」

「そうかもですね」

「しかも、人工の山まであるじゃないですか。うちの近所も同じようなのが。地下鉄の工事で出た土を盛ったんですけどね、高さは三十五メートル。ここのは四十四メートルだからだいぶ高く聞こえますけど、あくまで標高ですからね。このあたりは元々地面が高いんですよ。だから、実質は海抜ゼロメートル地帯であるうちの地元の山が相当高いです」

「へえー」

「中村さんは、そのワンピース、かわいいですね」

「世界中で売ってる量産型ですよ。セールで、九百八十円」

「ほんとですか。でもそういうのを見つけられるかどうかも、センスだと思うんですね。

わたし、アパレル関係の会社で働いてたんですけど、いっしょにファミリーセールに行っても、センスのいい同僚は選ぶものが違うんですよね。さらにそれを手持ちの服と合わせるのがまた上手で」

「洋服作ってたんですか？　それとも販売？」

「服飾雑貨の企画で。企画っていうとなんかクリエイティブな響きですけど、主にバッグやポーチを、お客さんのリクエストに従って、あのブランドのあれみたいな、とか、こないだので素材違いで、とかいう感じで、どこかで見たことあるような似て非なるものを作るんですね。仕様書作って、たいていは中国の工場に発注して、お客さんに見せて、やり直して。わたしももちろん洋服も雑貨も大好きなんですけど、仕事をやればやるほどそこそこのものしか作れないなって、わかりすぎて落ち込みました。でも、すごくおしゃれでセンスのいいものより無難なぱっとしないもののほうが売れたりするから、わたしでも務まってたんですけど」

「ちょっと意外ですね」

枝里は、千歳の顔をじっと見て言った。

「年上って聞いてたし、見た感じは落ち着いた人かなーと」

「ああ、すみません、自分の話ばっかり」

「そのお仕事はもう辞めたんですか」

「そうですね、ちょっと体調を、崩しまして」

「きつそうですもんね、アパレル系って」

「ですね」

ラーメンを食べ終わったあとで、枝里から、手芸部でお祝いの飲み会をしたい、と提案された。


雨が降ると、普段から人の少ない公園や広場は、いっそう静かになる。雨が欅の葉と傘を打つ音だけが聞こえる。左手に傘、右手にスーパーで買い物した袋を持ち、永尾千歳は、団地の高層棟に挟《はさ》まれた道を歩いていた。右側の棟に向かって下りの急斜面になっていて、平べったい土地で暮らし慣れてきた千歳にはほとんど崖のように見える。

千歳は、昨日受けた面接を思い返していた。面接会場の会議室はパーテーションで区切られただけで、待っているあいだに前の人の受け答えが聞こえた。千歳の面接を担当した部長だか取締役だかの体格のいい男性は、にこにこと愛想のいい顔でしきりに頷いて、いいですねえ、あなたのような人を求めてるんですよ、などと千歳に前の人と同じことを繰り返した。家に帰り着く前に、残念ながら、の連絡があった。簡素なメールだった。この週末も春まで契約社員をしていた輸入販売会社の展示会にアルバイトに行くことになっているが、正社員にこだわらず派遣でも契約社員でももう決めてしまったほうがいいかもしれない、と思いつつ、木立を抜け、千歳は、高層棟の一階に入っていった。

エレベーターの先の左側に集合ポストがある。四角い空間の三面の壁に、銀色の小型ポストが、数える気が失せるほどびっしりと並ぶ。懐かしい。子供のころ住んでいた市営住宅の高層棟のポストとまったく同じ。千歳の脳裏にはいくつかの場面がぱっと思い浮かんだ。小学校の五年のとき、同級生を集合ポストの前で待っていたことがあった。同級生はなかなか下りてこなかった。やっと姿が見えたと思ったら、お母さんが病気だから遊びに行けない、と告げて階段を上がっていった。そのころから、同級生は学校をよく休むようになった。あの子はどこの高校に行ったんだったか。曖昧な記憶をたぐり寄せながら、千歳の目は、集合ポストの名札を順に確かめていた。

一つ一つに、名前がちゃんと書いてある。今どきの集合住宅でこんなにきちんと名前が示されているところはめずらしい。引っ越す前に、インターネットで検索したり友人にこの団地の名前を言ったりすると、都市伝説じみた怪談話や敷地内が荒れているような話が出てきたが、実際のこの団地は、管理も掃除も行き届いていて、緑も豊かだし、今まで見てきた団地の中では明るく快適なほうだった。

ポストを順に見ていく。よくある名前、変わった名前、知人と同じ名前。二つ並んだ名字。いくつか、外国人と思《おぼ》しき名前もある。

夫である一俊の祖父、日野勝男から捜してほしいと言われた人の名前は、ごくありふれた姓だった。日本で多い姓ランキングの上位に入るし、この数百のポストの中にも複数ある。十階か十一階、と勝男は言っていたが、当てはまる部屋番号を見つけたとして、いきなり訪ねるわけにも行かないし、と突っ立っていると、脇から手が伸びてきて驚いた。

いつのまにかそばに立っていたその子は、千歳のすぐ前のポストに手を突っ込んだ。千歳よりも背が低い。中学生だろうか。鮮やかなピンクのスウェットパーカにデニムのショートパンツ。少女は、ポストに右手を突っ込んだ姿勢で、千歳を見た。黒目のはっきりした、背格好に比べて大人びた顔つきだった。長い黒髪を後ろで束ねている。

千歳は、慌てて会釈をし、とっさに離れた位置のポストを探るふりをした。次の瞬間には自分の行動を後悔した。この場を離れればいいのに、余計に怪しいではないか。不審な人物がいると自治会で言われる。張り紙がされる。

ちら、と背後をうかがうと、少女は、細い手をポストの投入口から引き出していた。封筒が一枚握られている。自分も小学生まではあんなふうに投入口から手を入れられたな、と長らく思い出しもしなかったことを思う。少女は、エレベーターホールの手前で振り返ってもう一度千歳をにらんだ。千歳は素知らぬふりをして、棟の外へ出た。

水曜の午前十一時。六月末。学校がある時間。自分も嘘をついては学校を休んでいた時期があるし、一俊もこの団地に住んでいた小中学生の頃はしょっちゅうさぼっていたと言っていたし、めずらしいことでもない。五階建ての棟に囲まれたカーブした道には、誰もいなかった。静かだった。水滴が音を吸収するのか、大通りの車の音も聞こえなかった。この団地の中にいると、自分が東京に住んでいるということを忘れそうだった。


一俊はいつもより早い時間、午後十時に帰宅し、帰り道で半額だったからと黒豚焼売《シューマイ》を買ってきた。千歳も昼間に近所のスーパーで焼売を買って夕食に食べた後だったが、一俊といっしょに食べた。一俊が昼間食べたのと夕食のメニューが同じこともよくあって、気が合うということなのか間が悪いのか、千歳は判断しかねていた。

「こないだ枝里さんに誘われた飲み会やねんけど、次の土曜日はどうかって」

「あー、そうみたいね」

一俊はもう返事をしたような言い方だった。

それはそうだ。二週間前、団地内のラーメン店で千歳に話しかけてきた中村枝里は、一俊の後輩なのだから。中学校の、手芸部の。

「ほかにも誰か来るんかな」

「団地で手芸部だった人、三人ぐらい呼ぶらしい」

一俊の世代あたりから子供の数は急激に減って同級生はそれほど多くなかったし、ほとんどは引っ越していったか高校を卒業する時期に家を出たようだ。

「この辺に住んでるやつ、いないんじゃない。枝里以外見かけたことないし」

枝里。わたしも団地に同級生はたくさんいたけど男子から名前で呼ばれることなんてなかったなあ、と口には出さずに一俊の顔を見るがその表情に変化はない。

「枝里さんのお兄さんは、タイにいてはるんやったっけ」

「ベトナムかそこらへん」

枝里の兄、一俊と同級生だった中村直人《なおと》は、大学を卒業後に電気設備の技師として中国やインドネシアなどに駐在し、日本に帰ってくることはほとんどないらしい。

「お父さんの葬式にも間に合わなかったらしいから」

中村兄妹の父親は十二年前に他界していて、枝里は母親と二人暮らしである。

「中村、高校の同級生だったんだよね。前の奥さんと」

兄のことは、名字で呼んでいるのか。そして、前の奥さん、というのは一俊が千歳の前に結婚していた相手のことのようだ。

「そうなん」

「そうなん」

一俊は、千歳の大阪弁を真似て返した。

結婚していたことがある、と一俊に聞いたのは、結婚しませんか、と問われた五分後だった。二十八歳から五年間。子供はいない。離婚の理由は性格の不一致、いや、方向性の違い、ですね。仕事の詳細を説明しているのと変わらない口調だった。

千歳は後日、一俊と共通の知人である当時の同僚に尋ねてみた。同僚は、詳しい事情は知らないが、借金やDV等の問題があった感じじゃなかった、と言った。元妻は、私立の女子校で教師をしていて、すでに再婚している、とも聞いた。会ったことあるけどすごくきちんとした感じのいい人だったから、ああいう人と五年も生活できてたってことはだいじょうぶってことなんじゃない？　同僚は突然の結婚話に驚いてはいたが、以前から自分は勘が鋭い、未来が見えることがある、などと語っており、忘年会で千歳と一俊が話しているときからなにか起こりそうだと感じていた、と妙に目を輝かせていたので、その後は相談しなかった。

枝里や元妻のことが気になるのは、嫉妬もまったくないわけではなかったが、一俊のことをほとんどわかっていないので、単純に知りたいのだった。

「枝里さんのお兄さんがきっかけで知り合ったん？」

「そうだった気もするし、別のやつもいっしょだった気もする」

「大学生の時？」

「確か」

千歳にしても、一俊と初めて会ったときのことはなんとなくしか覚えていない。中村枝里みたいに印象的な出会いではなかった。


雨が三日続いた。

昼過ぎにようやく止んだのを確かめて、千歳は買い物ついでに団地を一周した。この団地には三十を越える棟があるが、一階が保育園になっているところもある。これも、千歳が育った市営住宅と同じだった。以前はもう一か所保育所があった、と一俊に聞いた。約七千人が住んでいるこの団地は、住人の半分以上が六十五歳以上。建設がはじまってから数年間に結婚したり子供が生まれたばかりだったりで入居した人々は、四十五年が経つあいだにいっしょに年を取り、一斉に老いた。

団地内で高く伸びた欅やずいぶんと幹の太くなった桜は大昔からこの場所にあるような気がしてしまうが、木々も団地の開発と同時に植えられたものだ。その前、ここは戦後の住宅難解消のため建設された木造の住宅が並んでいた。その前は、陸軍の施設があった。その前は、武家屋敷と庭園が造られ馬が走っていた。その前は、雑木林だったかさびしい野原だったか。全部インターネットから得た情報だった。写真もいくつか見たが、それでもやはり、目の前の大木がこの地の長い歴史からすればついこの間植えられたものだとは、千歳には信じられなかった。

日野勝男は、団地ができる前からこの近所に住んでいて、コンクリートの巨大な壁みたいな建物が次々と完成していくのを見ていた。周りに高い建物がなかったから、かなり遠くからでもその姿は確かめられた。坂の上に、できたばかりの高層棟が白く光っていた。それは、一俊が子供のころに勝男から聞いた話だった。

千歳は、先日とは別の高層棟の一階で、同じように集合ポストを眺めた。名前を見ても、「尋ね人」がどこにいるのかはわかるわけではない。無数の扉の中のどこかに、ほんとうに勝男の言った人物がいるのかどうかも、千歳は確かめてはいなかった。

一俊の母で、日野勝男の次女である圭子も、同じ場所で集合ポストを眺めていたことがあった。夏のはじめの蒸し暑い日だった。

お礼の菓子折を提げて、部屋番号を確かめていた。その部屋には、ずいぶん前に行ったことがあった。相手は、圭子がこの団地に住んでいた当時の同級生、川島良子《かわしまりょうこ》だった。

このとき圭子は、夫の道俊《みちとし》と熱海で暮らしていた。旅館に住み込みで、調理や清掃の仕事だった。一人息子で小学六年生の一俊は、二年前から勝男に預けていた。前の週の木曜に、自転車に乗っていた一俊が、団地と大通りの間の坂道で後ろから走ってきた自動車に接触した。一俊は自転車ごと倒れたが、怪我はなさそうだから、とそのまま走り去ろうとしていた自動車を、通りかかった良子が止め、警察に連絡し、病院にも付き添ってくれたのだった。一俊は、検査の結果、肩と腰の打撲だけだった。勝男がその日に礼に行ったが、八月の終わりの週末で仕事を休めなかった圭子は、月曜にやっと東京に戻った。

圭子と良子は、同じ高校だったから、当時は行き帰りの電車でよくいっしょになった。高校三年の秋のことだった。昼休みの教室で十人ほどの生徒が、女子で四年制の大学に行くなんて就職も結婚も行き先がなくなるのに気が知れない、必死に勉強するなんてばかみたい、と冗談交じりに言い合っていた。圭子もなんとなくそこに加わった。東京では当時女子が四年制の大学に行くことはめずらしくはなかったが、圭子の通っていた高校では半分が就職、女子の進学先はほぼ短大か専門学校だった。ガリ勉なんかする女はみっともない、そんな子はわたしたちのことなんてきっと見下してるんだよ、などという会話に、圭子は一般的な話のつもりで同調していた。しかし、あとから教室に入ってきた良子は、揶《や》揄《ゆ》されているのが自分だとわかり、圭子がそこに加わっていたことに憤ったし傷ついた。良子は、両親にも受験を反対されていたので、誰にも言わずに区立図書館に通って勉強していた。奨学金のことを教師に相談したのを、男子生徒が知った。良子に振られたことを根に持っていた彼が、就職組の女子たちにわざと印象が悪くなるような言い方で伝えたのだと、あとになってわかった。圭子は圭子で、しょっちゅう話をしていたのに良子から受験することを知らされていなかったことに、わだかまりを感じて、謝れなかった。以来、通学途中や団地で顔を合わせても、圭子と良子は話さなくなった。なんであんなに意固地になったんだろう、と今更のように圭子は十六年も前の自分の行動の幼さを後悔し、気が重かった。

良子の住む部屋は高層棟の最上階で、エレベーターを降りると廊下から夜景が見渡せた。どこまでも広がる、びっしりと建物で埋め尽くされた街。曇り空には地上の光が反射して、ぼんやりと白い。東京の風景、と圭子はしばらく眺めていた。都会の明るい夜。不透明な空気。たまらなくさびしくなった。

緊張した指でインターホンを押すと、ドアはすぐに開いた。

「お久しぶりです。この度は、一俊がご迷惑をおかけして」

「なーに？　改まっちゃって。どうぞ」

変わってない。良子の少し戸惑った笑顔を見て、圭子は思った。通された部屋の中はすっきりと片付いていて、その几帳面さも思い出した。良子は、希望通りの大学を卒業して出版社に勤め、先輩社員と結婚して娘が生まれたが離婚して、母親が暮らし続けていたこの部屋に娘を連れて一時的に戻ってきていた。父親は十年も前に死んだ。幸い母親のほうは元気すぎるくらいで今晩も近所の人たちとカラオケに行っている、と良子は明るい調子で言いながら台所でお茶を入れた。それをダイニングテーブルに運んできたのは、良子の娘だった。えらいわね、いくつ、と圭子が聞くと、二年生、と快活に答えた。

警察や病院でのやりとりを一通り聞き、それからしばらく団地の同級生たちや近隣の人たちの近況を伝え合った。開け放った窓からは、風がよく通った。高層階だから、圭子の部屋よりもずいぶん涼しい風だった。ベランダの向こうに、新宿の高層ビルの赤いライトが見えた。圭子は急に、今自分がいる部屋が、同じ団地の中なのに遠く離れた場所だという気がした。

良子が頼んだわけではないのに、娘が風呂掃除をして、お水溜めてるよ、と報告に来た。

「やっぱり女の子ね。こんな小さいのにお手伝いしてくれて」

「なんでもやりたいって言うのよ。この間はお皿を片付けるのにひっくり返してかえって大変だったんだけど」

「女の子はいいわねえ」

そう言った圭子と自分の娘をしばらく見つめてから、良子がつぶやいた。

「変わってないのね、そういうところ」

なんのことを言っているのか、圭子はすぐにはわからなかった。しばらくしてから、女の子は、と決めてかかったことについてで、そしてそれは高校のときに仲違いをしたときと同じ言葉だった、と気づいたが、それを伝えるには間があきすぎた。

「……心配でしょう、子供と離れてると」

「そうね。一俊にもつらい思いさせてるから」

夫の道俊は、叔父が経営する会社で働いていたのだが、二年前に叔父が会社と自社ビルをほとんど詐欺のような状況で取られてしまい、連帯保証人になっていた道俊も多額の借金を負った。買ったばかりだった郊外の小さな二階建てを売り、一俊を勝男に預けて、親戚のつてで夫婦で熱海に移った。少なくともあと三、四年はこの生活を続けなければならなかった。

温泉街は、騒々しいほどに賑わっていた。ホテルは週末になれば大きな宴会がいくつもあり、酔った男たちがスナックやクラブを夜中までハシゴした。眺めのいい高台では温泉つきリゾートマンションが売り出されており、広告を見ると信じられないような価格だった。叔父の会社があった土地は、今では倍の値がついているらしかった。自分たちが東京で家を持つことなど二度とないだろう、と夫婦でため息交じりに話した。

そんな事情を、圭子は良子に話さなかった。良子も、離婚の経緯や今の仕事については詳しくは言わなかった。

圭子が立ち上がりかけたとき、良子が言った。

「結果がわかってから、なにをするか選べるといいのにね」

「……そうだったら、わたしはどうしたかな」

高校三年の時の教室で、受験しようとしているのが良子だとほんとうは気づいていたかもしれない、と圭子は思った。自分ができないことを同じ場所で育ち同じ学校に通った友人が実現しようとしていて、置いていかれたように感じたのだと。

「あのときは、ごめんなさい」

なにを謝っているのかわたしはわかっているのだろうか、と言ってから思った。時間が経ってしまえば、いつか確かにあった気持ちは伝えられなくなるのだ、と圭子はその時知った。

「何年前だっけ。数えないとわからないね。わたしも、態度悪かったよね」

良子のほほえみは、やはりどこか戸惑っているような曖昧さがあった。

翌年、転居を知らせる葉書が、良子から熱海の圭子のところに届いた。次に圭子が団地を訪れたときに集合ポストを確かめると、良子が住んでいた部屋番号の名札は知らない名前に変わっていた。

千歳は、この棟の集合ポストに、探している名前を五軒も見つけた。正確には、団地に引っ越して一週間後にはすでに見つけてあり、確認に来たのは三回目だった。あまりにも闇雲すぎる。やはり勝男にもう少し話を聞きに行かなければ。棟から出ようと振り返ったとき、ピンク色が視界の隅で動いた。スウェットパーカとショートパンツの後ろ姿。長い髪。このあいだと、同じ少女だった。

ポストを漁《あさ》る不審な女が目撃されています。特徴・身長百六十センチくらい、中肉、三十〜四十代、黒っぽいTシャツ、ジーパン。見かけた方は自治会までお知らせください。

団地のそこかしこにある掲示板には、今のところそんな紙は貼られていない。

濡れた地面は、アスファルトではなくて土と植物のにおいがした。雨が止んだせいか、遊歩道にはいつもより人の姿があった。すれ違ったのは、年配の男性ばかりだった。団地の住人なのか、近所から散歩に来ているのか、判別はできない。

欅に囲まれた広場でゴムボールを蹴っている男の子が二人いた。兄弟だろう。近くのベンチに、彼らの祖母らしき女が座っていて、ときどき、なにか声をかける。中国語だとはわかるが、千歳には聞き取れない言葉だった。千歳は、以前の仕事で少しだけ中国語を覚えた。色を変えてください、縫製が粗いです、サンプルを来週中に送ってください。使える場面が限られたフレーズばかりだ。中国の工場に何度か出張したから挨拶ぐらいは今でもできるが。工場に向かう車からは、ここによく似た高層住宅が見えた。広大な造成地でもっと背の高い棟がいくつも建設中だった。

欅の下で兄弟たちの祖母が立ち上がって帰ろうと促しても、二人は聞いていなかった。いくら走っても跳ねても全然疲れない。からからと転がるような声で笑う。自分は外で遊ぶのが好きじゃない子供だったが、それでもあんなふうにはしゃぎ回っていたこともあったんだろうな、と思いはするが、その感覚はよみがえらない。

またぽつぽつと降り始め、アスファルトに水滴が跡をつけた。もしかしたらさっきのピンクのパーカの子も外国から来たばかりで学校に行っていないのかもしれない、とふと思った。

土曜日の夕方、一俊からは仕事が終わらないから先に行ってとメッセージが来た。千歳は、一人で団地から大通りへ出て坂を下った。

車通りは多いし数百万人が住む街の真ん中なのに、歩行者の姿が少ないせいかなんとなくさびれた雰囲気に感じた。マンションや雑居ビルの隙間に、いわゆる看板建築、木造家屋の正面にだけ洋風の壁がくっついたスタイルの建物がぽつりぽつりと残っている。何十年か前には商店街として賑わっていたのかもしれなかった。

歩道の先に、枝里からのメールで知らされた「カトレア」の文字を見つけた。しかし、路上に出ているその年季の入った看板には「喫茶　カトレア」とある。コーヒー会社のロゴも入っている。飲み会ではなくお茶なのだろうか、と様子をうかがうと、ガラスの向こうに、見覚えのある顔を見つけた。中村枝里は、今日も黒い服を着ている。

「こんばんは」

遠慮気味に開けたドアから声をかけると、枝里は大きく手を振った。

「あー、ここ、座ってください。こちら、永尾くんの奥さんです。千歳さん」

元手芸部員の女子が、ほかに二人いた。一人は一俊と同学年、枝里と同学年のもう一人は団地にまだ住んでいると自己紹介した。一俊がいないことは意に介されず、食事会は賑やかに進行した。親しい女同士の遠慮のないおしゃべりに混ざるのは、いつ以来だろう、と千歳は思った。グラスを運んできた店主の女性にも、

「ああ、永尾くんの。お世話になってます」

と挨拶されたので、一俊もこの店に何度か来ているらしかった。一俊からは何も聞いていなかったが。

広くない店内には、テーブル席がもう一つあり、カウンターでは常連らしい男が二人いて、ビールを飲んでいた。千歳よりもいくらか年上に見える店主はあゆみと言った。ここはあゆみの祖父母が営んでいた青果店、あとを継いだ両親が始めた喫茶店と移り変わり、閉めたままになっていたのを、三年ほど前に改装して食堂兼飲み屋にした、カウンターと中の棚はいかにも昭和の喫茶店って感じでしょ、この大きいテーブルと扉と窓は取り壊しになる民家から運んできてペンキを塗るのはわたしも手伝ったんだ、と、開店当初ここでアルバイトをしていた枝里が、解説してくれた。

団地に残っている枝里の同級生はもう一人いるが、中学の時もほとんど話したことがな

い男で、姿を見たことはないが母親同士の情報網では完全夜行性とのことだった。女子は枝里も含めて三人ともアルバイトや不定期の仕事だった。

「まだ実家なのって言われるけど、便利だからねえ、狭いけど。この辺で部屋借りたら高いし」

「うちらの稼ぎで住めるのは暗い狭い部屋」

「新宿から徒歩でも帰れるのに慣れちゃってるから、離れたとこには住めないんだよね」

「わかるー」

「家事はほとんどわたしがやってるしね」

「うちも。わたしがいないと親はろくなもん食べれないから」

ときどき振り返っていたカウンターの男たちが、

「いいねえ、女の子は気楽で」

「男はこの年で親と住んでたらキモいとか言われるもんな」

と言ったのが聞こえた。

枝里は、カウンターから声がかかると料理の皿を運んだ。店主のあゆみは以前は音楽関係のライターをやっていて、店を手伝うこともある夫は美術系の出版社に勤めているそうだ。職業がいちいち東京だと、千歳は感心する。地元じゃまず聞くことない職業ですもんねー、というかわたし今求職中なんですけど、というような話をしたら、枝里が大きな声をカウンターに向かって発した。

「あゆみさーん、この人、千歳さん、バイトしたいって」

「ほんと？　時給安いけど平気？」

「うわ、いきなり世知辛《せちがら》いよ」

枝里もカウンターの男たちも笑った。

一俊の同級生が、千歳に顔を近づけた。

「で、どこがよかったんですか？　結婚の決め手というか」

「一言では難しいですね」

「きっと意外にモテるんだよ、永尾くん」

「癒やしてくれるのかな」

「癒やすってほどじゃなくない？」

「疲れない、ですかね。えらそうなところもないですし」

「あー、それ、重要。なかなか難しいですよ」

一俊が来たのは、女たちが満腹になってもう食べられなくなってからだった。

「あー、遅いよー。もう、帰るよ」

「そうなの？」

一俊は、再会の感激など微塵《みじん》もない表情で、隣のテーブルの席に腰を下ろした。そのあと、あゆみがお祝いとしてワインを一本提供し、さらに酔った女たちは、千歳にはわからない同級生たちの話を楽しげにし続けた。千歳はゆっくりワインを飲みながら、それを聞いていた。疎外感はなかった。むしろ、この数年なかったほどの安らぎを感じた。自分が何を言えばいいか、どう答えるか、気にしなくていい会話が好きだった。それならいつまでも聞いていたかった。それに、一俊が自分と話しているときとほとんど変わらないことが確かめられたので、今日の会合は意義があったと感じた。一俊は家にいるときと同じ、聞いているのかいないのかわからないような応答で、それでも元手芸部員たちに受け入れられているようなので、安心した。

帰りがけに、あゆみから、ほんとうに店を手伝ってもらえるなら連絡して、と名刺を渡された。

元手芸部員たちは、二次会をするといって坂を下っていった。千歳と一俊は坂を上り、閉店間際のスーパーに寄った。団地内にはコンビニがない。めずらしいくらいのコンビニ空白地帯やね、それだけは困るよなー、ここも零時じゃなくて終電のちょいあとまで開いてたらいいけど、交差点のスーパーは何時までだっけ、と言い合いながら食パンだけ買ってきて、団地の中を歩いた。昼間でも人の少ない緑地は、街灯の光もよく茂った木々に遮られ、かえって影が濃く感じた。

「山の中みたいやな。建物で埋まってないところって、わたし、怖いねん」

「へえー。そうなの」

一俊は、両親とは郊外の駅から離れた場所で暮らしていたので、人気《ひとけ》のなさも暗さも気にならないらしかった。

「わたし、埋め立て地の工場に囲まれたところで、団地と家が高密度なとこで育ったから、人間が作ったものしか周りになかった。それ以外のものは怖い。木も、動物も、暗闇も、近寄ると飲み込まれそうな気がする」

のしかかってきそうな欅や楠《くすのき》と鬱蒼とした低木で覆われた斜面は、千歳にとっては山だった。茂みの奥、深い穴のような暗闇から、熊とは言わないまでも、正体のわからない動物がこっちをうかがっているように感じた。実際、ハクビシンと狸はいると聞いた。

「人間が隠れてるほうが怖いって」

一俊は、ひときわ高く伸びた欅を見上げて笑った。

一俊は、もっと大きい動物を見たことがあった。中学三年になる年の三月、中村直人と約束して夜中に家を抜け出した。することはなかった。山のてっぺんまで登ってみた。桜が咲く前で思いの外《ほか》寒かった。蕾《つぼみ》のついた枝の向こうに、新宿副都心の高層ビルが見えた。赤いライトが点滅していた。急斜面を、人影が上ってきた。枝里だった。

「自分たちだけ、ずるい」

「小学生のくせになにやってんだよ」

「来週から中学生だって」

兄妹の会話を聞き流しながら、一俊は、高層棟に規則正しく並ぶ明かりを眺めていた。白い素っ気ない光は、玄関ドアの上の電灯だった。無数の扉の一つ一つに取り付けられた光。それが、ここで暮らす家族の数だった。昼間、東京に戻る目処《めど》がついた、と両親から電話があった。郊外の公団住宅に住む予定で、一俊は転校するか、中学卒業までこの都営団地で暮らすか、今度東京に戻ったときに話そう、と言われていた。

「あっ」

思わず、一俊は声を上げた。斜面の下の道に、信じられないものが見えたからだった。直人と枝里も、一俊の視線の先のものにすぐに気づいた。街灯の青白い光に浮かび上がるように、悠然《ゆうぜん》と一頭の豹《ひょう》が歩いていた。腰に向かって引き締まった胴、長い後ろ足としっぽ。その後ろから黒ずくめの男が二人、歩いて来た。豹の首から伸びる紐《ひも》を握って、豹と同じくらい大きな黒い犬も三頭連れていた。

「すげえ」

「ものすごく速そう」

三人は、美しい曲線をうっとりと眺めた。

3

窓際の席がよかったな。

千歳はパーテーションの陰から、職場を確かめた。

二週間前から勤めだした機械部品の会社は、高田馬場駅に近いビルの三階と四階に入っている。千歳に与えられた場所は、細長いフロアの窓からいちばん離れた隅、コピー機とシュレッダーに挟まれた狭いデスクで、前任者が使っていた、柴犬の写真入りの小さなカレンダーが置かれていた。犬を飼っていた人だろうか。猫グッズの持ち主は猫を飼っていない人も多いが犬は自分が飼っている犬種のものを持つ人が多い、というのは千歳のこれまでの経験からくる推測で、前任者は自分と同い年で小学生の息子がいたということしか知らない。書類に記入してある文字も受注書のファイルも丁寧できっちりしていた。おかげで、仕事には早く馴染《なじ》めそうだった。

終業時刻の五分後に退社して、大通りまで出ると、学生が歩道を埋めていた。資格取得の専門学校があり、そこへ入っていく学生も多い。その流れに逆らうように、駅から帰宅する人たちも時間とともに増えていく。

すごい人。と、千歳は駅へ向かう学生とは反対の方向だから、歩道の隅でときどきは立ち止まって建物の陰に入ったりしながら、騒々しい人波を眺めた。

地方の県庁所在地の駅よりも、よほど人がいる。乗降客数の多い駅ランキングは上位はほとんどが東京かその近郊の駅で、しかも他の街の客数とは桁違いだった覚えがある。プラットフォームも簡素なこの駅で毎日毎日そんな大勢が何事もなく乗り降りしていることを、素晴らしいと捉えればいいのか怖ろしいと捉えたほうがいいのか、はっきりさせたくないのでただ「すごい」という言葉で表してしまうのではないか、と千歳は思って、路地を曲がった。

脇道に入ると、急に静かになる。ついさっきまで足音や話し声や車の音が渦を巻いているようだったのに、たった一区画か二区画違うだけで今度は不安になるほど人がいない。狭い道に迫るマンションやアパートからも人の気配がしてこない。窓もカーテンも閉じられ、廃墟にも思えてくる。すぐそばに放置された錆びた自転車に大きなカラスが降りてきて、千歳は驚いた。

夕食の買い物をして、やっと慣れてきた四階までの階段を上がると、隣の部屋から女が出てきたところだった。川井さんの娘かと思ったが、ロゴの入ったポロシャツで訪問介護のスタッフだとわかった。すれ違うときに明るく挨拶をした彼女は、学生のような若さだった。隣の川井さんのところには、肉親らしい人が訪ねてきたのを見たことはない。

部屋に入ると、階段を上がってきたのと熱気が充満していたのとでいっぺんに汗が噴き出た。とりあえず、窓を開けて、扇風機を回した。涼しいというほどではないが、新しい風が入ってくるのは心地《ここち》よかった。窓から見下ろすと、鮮やかなオレンジ色のグラジオラスが咲いている。一階の住人が世話をしているのを、このあいだ見かけた。一俊の両親の家にも、同じ花のピンクと黄色が咲いていた。

勤務が始まる直前の日曜、千歳は、勝男がいる義父母の家に行った。今回は一俊もいっしょだった。西武池袋線に乗ってすぐに一俊は眠って、清瀬駅に着くまで起きなかった。

勝男は、前に会ったときより顔色もよく、話し方もはっきりしていた。部屋の中でちょっとした用事はできるようになっていて、お茶も、勝男が入れてくれた。

一俊の父である永尾道俊に会うのは、結婚前に食事会をして以来だった。道俊は、土日はほとんど釣りに出かけている。千葉や神奈川、ときには静岡まで行く。このために生きてるようなもんで、と道俊は窓を開け放ったベランダに向けて長く伸ばした竿《さお》を手入れしながら最近の釣果を自慢した。温泉町で暮らしているあいだに釣りを覚えたそうだ。あの頃のことでよかったのはそれくらいだなあ、とつぶやいた。ああ、料理もできるようになったか、と言ったが、特になにか感慨を込めた言い方ではなかった。喜怒哀楽が口調や表情にあまり出ないのは、一俊と似ている。

圭子は買い物に行ったままなかなか帰ってこず、電話をかけてみたら久しぶりに会った知人とお茶を飲んでいるらしく、道俊が昼食を作ることになった。

一俊は、床に転がって再び眠りはじめた。一週間ほど深夜の帰宅が続いていたので、疲れていたようだ。一俊は、二年前に勤めていた会社が吸収合併されて失業し、半年後に知人のつてで入った今の職場ではいちばん下の立場なので、トラブルのしわ寄せが来ることが多かった。

二人が自分に注意を向けていないのを見計らって、千歳はベランダに出た。そして、日陰に置いた椅子に座っている勝男に、聞いてみた。

「高橋《たかはし》さんは、高層棟の何階にお住まいかはわからないんですよね」

勝男は、眉根を寄せて怪訝《けげん》な顔をした。残り少なくなった白髪の隙間に、いくつもシミが見えた。頭の形があまりに丸く整っているので、千歳は撫でたい衝動に駆られたが実行しなかった。

「勝男さんが、前に教えてくれた……」

「ああ、征彦《ゆきひこ》だ、高橋征彦」

「そんなお名前だったんですか」

「言わなかったか？　二回、部屋に行ったことがある。一度はその箱を預けるときで」

二か月前に勝男が大腿骨を骨折して入院していたとき、千歳は勝男から、自分の形見に箱をやる、と言われたのだった。高橋というやつに渡してあって、そいつは団地に住んでいる、と説明した。箱の中には、自分が好きだった人にもらったものが入っている。何年か前にふと思い立って訪ねてみようとしたが、思い違いをしていたのかどの部屋かわからなくなった。

「どこらへんの何階ですかね。廊下から団地のどっち側が見えたとかそういうのでも」

「そりゃ、あの山が見えた。おれんちも」

「えっ、ほんとですか？　それはかなりの手がかりですよ。うちの窓まで見えました？」

「たぶんな。おれはあの部屋で毎日寝たり起きたり飯食ったりしてるんだなって、なんか妙な気分だったたな」

「もう一回は、いつですか？　その、高橋さんのお部屋に行ったのは」

「子供が生まれたってんで、祝いを持っていったんだ。エレベーター降りたら、廊下をあの人が歩いてくのが見えてさ。逃げて帰ってきた」

あの人、というのが勝男が若い頃好きだった人だ。千歳にその話をするとき、勝男はいつも「あの人」と言った。

「勝男さんはシャイなんですね」

「迷惑かけたくねえからな、あの人に」

「お祝いは？」

「ポストに突っ込んどいた」

「ポスト……。なにか特徴とか覚えてます？」

「どこも同じだからわかんねえよ」

「それはそうですね」

千歳は、一通り回ってみた各棟の集合ポストを思い浮かべた。壁沿いにびっしり並んだ、銀色の四角いポスト。どれがどの棟だったか、千歳にも区別はつかない。ただ、ピンクのスウェットパーカの少女に会った棟の光景ははっきり覚えている。あの女の子は、あれからも二度見かけた。やはり平日の昼間、学校がある時間だった。

「今でも、住んでらっしゃるんですよね、高橋征彦さん」

「だといいがなあ」

「えー。じゃあ、もし引っ越されてたら、箱もどこ行ったかわからないってことですか」

「そういうこと」

「わたし、団地の中うろうろしてて、ご近所さんに怪しまれているかもですよ」

「だいじょうぶだ。そんなやつ、よくいるから」

ベランダの下には庭があり、圭子が趣味で植えている色とりどりの花が咲いていた。花という言葉にはなんとなく春のイメージがあるが、いちばん賑やかに咲く季節は初夏なのだと、千歳は四〇一号室に越してきてから知った。

今住んでいる都営住宅は千歳が子供の頃に住んでいた市営住宅にそっくりだが、圭子の住む公団団地は千歳の母方の祖父母が住んでいたところにそっくりだ。子供の頃は市営住宅に住んでて、と人に話すと、公団住宅団地との違いをわからなかったり公営住宅という存在自体を知らない人はけっこう多いんだなと思う。ドラマや小説なんかで出てくる「昭和の団地」の舞台はたいてい郊外の公団団地だ。公営住宅は収入が少ない人にとって生活を支える役割もあるのにそれがあまり知られていないのは、住宅政策の乏しさなんじゃないかと思うこともあるし、一方で妙に偏ったイメージを持っている人にもときどき出会って、向上心がない人が住むところだ、と言われたこともある。そういう自分も、たまたまそこで育っていなければよく知らなかったかも、とも思う。

祖父母が暮らしていた公団住宅の部屋は二階だったが、一階の住人が庭に興味がなかったので、祖父が花を植えて池まで掘った。池など掘るのは禁止だったろうが、水を循環させて金魚を飼っていた。あの電動ポンプの電源はどこから引いていたのだろう。三色すみれの間を這《は》っていた電源コードがなぜか頭に浮かんだ。小学生の頃、祖父母の団地の盆踊りに参加したこともあった。盆踊りには隣の部屋の同い年の子と行ったが、名前も顔も忘れてしまった。

「もし見つかったら、そのときにはあんたにやるって言っただろ」

「そうだった気もします。そうかあ、もういないかもしれないんですね。いつ頃までいらっしゃったのかも、わからないんですか」

「カズがウチにいたときは、いたよ」

「二十年前やん！」

千歳は思わず言ってしまったが、勝男は気にもとめていないようだった。

「カズがここに戻ったあとも、団地の中で見かけたことはある。でも、何年前か思い出せねえんだよなあ。たぶん夏で、子供を遊ばせてた。滑り台の下で、子供が降りてくるのを待ってた」

「お孫さんですかね」

勝男はそれには答えず、向かいの棟を見上げていた。それから、胸ポケットに差していた煙草を出した。

「一本、吸わしてくれ」

千歳は、部屋に戻った。冷房が効いていて涼しかった。道俊は炒め物をしていたが、一俊は寝転がったまま眠そうな目で千歳を見ていた。

千歳が食器を並べたりしていると、勝男も部屋に戻ってきて、一俊の肩を叩いた。一俊がようやく起き上がった。

「じいちゃんと千歳さん、気が合うんだね」

「うらやましいのか」

「そうだね」

「おまえは寝てばっかりだからつまんねえってさ」

「そうだよねえ」

「カズみたいな気の抜けたやつに、二回も結婚相手が来てくれるなんてなあ」

一俊の前の妻は、美人で気の利く明るい人だったと、共通の知人である元同僚は言っていた。一俊の両親は交際期間なしで結婚した五つ年上の自分のことをどう思っているのだろう、と千歳はときどき思う。最初に挨拶をしたときも、そのあとも、引っかかるような言動もなく、かといって妙に歓迎された覚えもないのにそう思ってしまうのは、一俊が自分と結婚した理由がやはり今ひとつ伝わってこないからだろう、と思う。

五年ほど前に働いていた会社で、四十三歳で結婚した上司の女性が結婚していない三十代の同僚たちに、言った言葉を思い出した。

朝起きて隣で寝てる顔を見ていやじゃなかったらいっしょに暮らせるから結婚しちゃいなさいよ、いやだったら別れればいいんだから。

一俊に結婚しないかと言われたときも、その言葉は思い出した。いっしょに聞いていた五、六人の同僚たちは、そんなものかもしれないが誰でもいいってわけにはいかないし、そもそも朝起きて誰かが隣に寝てるシチュエーションにたどり着くのが困難だし、と男女で意見の差はなかった。あのときの同僚の一人は結婚して一年で離婚して、後の二人は確か結婚していないままだ。上司がどうなったのかは知らない。

道俊が作った昼食は、少し味が濃かった。


明け方に、千歳は目が覚めた。

そっと起き上がり、台所で水を飲んで部屋に戻ると、薄闇の下で一俊が上半身はなにも着ないまま転がっていた。千歳は傍らにしゃがみ込み、タオルケットをかけてやった。三時間ほど前に、自分の上に乗っかっていたその肌が、ゆっくり明けていく青い光に浮かび上がっているのを眺めた。

人間は重い。一俊の肌の温度と水分を受け止めていたとき、千歳はそう思っていた。見た感じよりも、ずっと重い。この重さに、なんとなく安堵《あんど》する。この体には、骨やら内臓やら血やら、いろんなものがちゃんと詰まっているのだと思う。この人と暮らしてみることにして、よかったと思った。自分は、人間の中にそういうものが詰まっていることを、すぐ忘れてしまうから。

その四時間後、月曜日の朝、千歳は、取引先に直接行くという一俊といっしょに部屋を出た。朝、並んで職場に向かうのは初めてだった。団地の中にある小学校は登校時間の終わりだった。遅刻ぎりぎりの子供が数人、門へと走り込んだ。歩道にも公園にも、出勤の人や散歩中の人がいて、昼間ほとんど人のいない団地とは違って時間が動いているという感じがした。大きな欅が何本もせり出して伸びる斜面を指して、一俊が言った。

「小学生の時さ、この中にトンネルがあるってみんな信じてたんだよね。夜中に茂みに入っていく女の人を見たとか、入り込んでたホームレスの人が忽然《こつぜん》と消えたとか、そういう話、いろいろ聞いた」

夏の強い日差しを受けて、旺盛に茂った木々の下は暗く、奥のほうはほとんど見えなかった。

「あっちの教会の地下から幻の地下鉄ホームに行けるって」

「それ、勝男さんにも教えてもらった」

「こないだ、その話してたの？」

「まあ、だいたいそんな感じ」

「トンネルの入口、ほんとにあったんだよ。向こうの、病院の石垣に。二年前に通ったら、完全に塞《ふさ》がれちゃってたけど」

団地の隣には国立の大きな医療センターと感染症の研究所がある。

「昔は入れたん？」

「いや。でも、何組の誰が入ったとか、そういうのはよく聞いた。ほんとかどうかわかんないけど。奥のほうにずっと歩いていったら、この団地のどこかの部屋に出るっていう説もあったな」

「他人の部屋に？　ドラえもんみたいに押し入れから出てくるとか？」

「いや、これだけ部屋があるとどこか一つくらいは空き部屋があって、そこにつながってるって」

「どこかの部屋に出て、どうなるん？　たとえば、浦島太郎的に時間がずれてるとか、自分の部屋に帰ったら知らない家族がいるとか。ウルトラセブンにそんな話あったやん」

「それは知らない」

自分だって何度目かの再放送だが一俊の世代だとそれさえ見なかったのだろうか、まさかティガやダイナではないはず。千歳は、一俊の横顔をちらちら見つつ歩いた。そばのベンチには、ときどき見かける髭《ひげ》の長い老人が座っていた。


広場のベンチに腰掛けて、しょっちゅう煙草を吸っていた男がいた。当時、まだ、団地の棟のいくつかは建設中だった。掘り返された土が盛られた場所で、小学生が遊んでいた。男子ばかりで、怪獣だとか科学捜査隊だとか叫んでいた。今日は土曜か、と男は照りつける太陽を恨めしそうに見た。

男は、無職だったが、前の年までは衣料品や雑貨を卸す商売をしていた。知り合いのつてをたどって仕入れてくるものは、大半が倒産した会社から流れてきたもので、中には盗品や偽造品もあった。半年前、刑事が倉庫に来て、品物は全て押収され、男は執行猶予付きの有罪になった。

両親ともにずいぶん前に死んでいて、叔父の世話になって大久保駅近くのアパートに住んでいたが、一階奥の狭く日の差さない部屋で気が滅入るので、団地のあたりまで歩いて来てはなにをするでもなく座っていた。男は、中学を卒業するまで、団地から東へ坂を下った先に住んでいた。そのころは、こんな馬鹿みたいに巨大な建物はなかった。白いコンクリートは太陽を反射して威嚇《いかく》するように光っている。見上げるたびに、この怖ろしいほどの石と鉄の塊が倒れてきて自分など一瞬で潰れる、いや、跡形もなく消えてなくなる、いつもそんな想像をした。

腕時計を見た。叔父にもらったちゃちな金色の時計の文字盤には、有名ブランドと二文字違いのアルファベットが並んでいた。もうすぐ、保護司との面接の時間だった。面倒だった。立ち上がって歩きかけたとき、高層棟の一階から男が出てきたのが見えた。

「おい。タカハシ」

男が声をかけると、彼は振り返ってほほえんだ。

「なんだよ、よっちゃんか」

三十歳を過ぎても屈託のない明るい顔で、子供の頃に同級生だった彼は言った。童顔のせいもあるが、色つやのよい顔は男よりもだいぶ若く見えた。

「おまえは変わんねえな。ちょっとは成長しろよ」

「これでも、もうすぐ父親になるんだ」

同級生は、笑った。

男は、思った。人間には、運のいいやつと悪いやつがいる。こいつは、倍率の高いこの団地の部屋が当たって、一度だけ見たことがあるがそこそこ顔のいい女と結婚して、子供も生まれる。おれとは違う。

「おれみたいな半端者には住みにくい世の中になってくよ」

「よっちゃん、今度、飯でも食いに来いよ。子供が生まれたら、うちじゃ酒も飲めないだろうから」

ゆきひこくんのお父さんは陸軍さんで偉い人なのよ、と死んだ母親が言っていたのを、男は覚えていた。近所で一等大きな家に住んでいたし、集団疎開になったときもこいつだけは九州だかの親戚の家に行って、戻ってきたときにはみすぼらしく痩せた自分たちに比べて背が伸びていた。その偉い父親が戦争から帰ってきて何年かして死んで、家も売ったとは聞いたが、それでもこうして幸せそうにしている。戦争が終わって、平和になったとか平等になったとか言うが、結局は元から金持ちや家柄がよかったやつは、援助してくれる親戚もいるだろうし、性根がいいから助けてやろうって気持ちにもなる。なにもないやつはいっそう貧しくなるだけだ。悪いことをやって儲《もう》けたやつはたくさん知ってるが、おれみたいに中途半端なやつがいちばん割を食うんだ。

同級生は他の知人たちの近況を話していたが、男はろくに聞いていなかった。視線を移すと、築山が見えた。その形だけが、子供の頃の記憶の風景とつながっていた。あのころ近くを通ると、自分たちより年上の少年たちが、軍事教練をやっていた。縄を上ったり、斜面を駆け上がったり、教官に怒鳴られながら走っていた。あいつらは何歳だったんだろう。みんな死んだんだろうか。

「よっちゃん」

同級生が大きな声で呼び、男は我に返った。

「その呼び方はやめろよ」

「おれさ、一年生のとき、よっちゃんが声かけてくれたから教室に入れたんだよね。さっきみたいに、おい、って。おい、おまえ、名前教えろよ」

同級生は、男の口調を真似て言った。

「覚えてねえよ」

男は、煙草を捨てゴム草履《ぞうり》で踏んで消した。

「喫茶　カトレア」の看板は、中の蛍光灯がつかなくなった。三十年以上使ってるから、と店主のあゆみは修理をあきらめたようだった。千歳は、光らないままの看板を道に出した。看板の下半分に入ったコーヒー会社のロゴを眺め、もうこの会社のコーヒーは出していないのに使っていてもいいんだろうか、と気になった。

機械部品の会社に勤めだしたのと同じ週に、千歳は「カトレア」でもアルバイトをはじめた。水曜と木曜と金曜の夜に四、五時間。土日は学生アルバイトがいるが、千歳はまだ会ったことがなかった。

「ウチが社員並みのお給料を出せればいいんだけどね」

あゆみは、ビールのグラスをカウンターの常連客に出しながら、千歳に言った。千歳は、トマトを切りながら話した。大学生の四年間、喫茶店、それも豚カツもうどんもナポリタンもあれば酒も出す店でアルバイトをしていたから、この店の仕事にはすぐに慣れた。

「正社員で面接通りそうなところもなくはなかったんですけど、ブラックっぽいところばっかりで。わたし、大学出て就職した会社がかなり大変なところだったから、その気配が漂うと警戒しちゃうんですよね。サービス残業、休日出勤は当然で、法律逃れのために名前だけ役員に入れるとか、役員は年俸制だから残業代は出ないとか、向こうの都合でころころ待遇変えられて。小さい会社で、税金対策かなんなのかやたら子会社を作るから、人数そんなにいないのにみんな役員だったんですよ」

「家族経営でがめついおっさんがやってたんでしょ」

カウンターで生姜《しょうが》焼きをつまみにビールを飲んでいる男が、話に入ってきた。あゆみが音楽ライターをやっていたときからの知人で、ヤマケンと呼ばれていた。前の晩も来たが、今の仕事はなにかは千歳はまだ聞いていない。今日も蒸し暑かったのに、革ジャンを着ている。

「まさにそんな感じです。経理は社長の愛人って暗黙の了解で。不良品が出た分を給料から引かれたりもしましたねー。他の会社に行ったことがないから、働くってそういうものかと思ってて。友達にはもっとひどいところ、健康食品やら浄水器やらの詐欺まがいの会社に入っちゃって体壊した子も複数いたから、自分はまだましやと思い込んでたんです。それで、辞めた後で失業保険の手続きに行ったら、雇用保険が払われてない時期が、しかも何回もあったんですよ。勝手に名前変えて人を雇ったことにして助成金だかなんだかを取ってたのがわかって、かなりぐったりきましたね」

「聞くねえ、そういう話。最近はコンビニのバイトでも売れ残り買い取らされるって」

あゆみは、話しながらもテーブル席の客の料理を完成させていった。

「それで、堅い会社がいいなと思ってたんですよね。名前を誰でも知ってる有名な企業とかじゃなくて、地味なんだけど世の中に絶対必要とされている機械だとか設備だとかを作ってる、その業界ではシェアの高い企業、というイメージで。正直その機械がどういうふうに重要なのか今ひとつわからないんですけど、その条件にあてはまってる会社なんですよ。今はパート扱いなんですけど、前に採用された人も二、三年で社員になってるから」

「わかる。おれも、生まれ変わったら真面目に勉強してそういう会社に勤めたいね。地味なんだけど世の中に必要とされてる、いいよねえ」

ヤマケンは、井上陽水の「人生が二度あれば」を、小さな声で歌い出した。

千歳がテーブル席の客にワインを持って行って戻ってくると、あゆみはスツールに腰掛けて休憩していた。ヤマケンがビールを飲み干して言った。

「俺たちもフリーだったから、むかつく目にはいろいろあったし、苦労したよなあ。大企業の人たちは、自分たちの取り分守ることしか考えてない割に、世間の人がみんなそれなりのお金やら助けてくれる家族やら持ってると思ってんの。学生の時も、世の中が浮かれて大騒ぎしてる人らを横目に、バイト、バイト、バイトしかしてなかったね」

隣であゆみも頷いていた。ビールのお代わりを出して、千歳は聞いた。

「なんのバイトされてたんですか？」

「道路工事、ホステスの送迎、コンビニの店員、まあ、いろいろ。家が新宿区って言うと、目がきらきらする女の子がいるんだけど、あの団地って指さすとあからさまに、はあ？

って顔されて」

「あそこに住んでたんですか？」

「そう、大学出るまでね。早く出てけって親父に言われてたけど、楽器やらライブするのに使って金なかったし、便利だからなー」

「わたし、五月から住んでるんです」

「古いし狭いっしょ。うち熟年離婚しちゃって、親父だけまだあそこに住んでるんだけど、一年に一回行くぐらいでさ。なんていうか、全体に取り残されてる感じ、うーん、なんて言えばいいんだろ、居残り感があるじゃん。幼稚園とかで自分の親だけなかなか迎えに来ないときみたいなさびしい感じ。親父が一人で残ってるからそう思っちゃうのかもしれないけど。もう店なんかもだいぶなくなっちゃってさびしいよね」

「ラーメン屋さん、おいしいですよ」

「へえ。今度行ってみるか」

「ヤマケン、ここの上に住んでたこともあるんだよ。一か月だけだけど」

「あー、あのときはほんと助かった。いっしょに住んでた女に追い出されちゃったんすよ。廊下に荷物出されて、鍵も変えられてた」

「わー、そんなことほんとにあるんですね。でも荷物出しといてくれただけよかったですね。わたしの知り合いは、帰ったら部屋が空っぽで照明の笠までなくなってた、という」

「うわー、じゃあ、ミドリちゃんには感謝しなきゃね」

「子供が大学卒業だってさ」

「えっ、ミドリちゃんと連絡取ってたの？」

「いや、フェイスブックで見た」

「あーあ」

「何年前だ？　二十五年？　え、おれ、倍の年になったのか。なんで、年取ると時間が経つのが早くなるのかねえ」

ヤマケンが、ため息交じりにつぶやいた。千歳は言った。

「あ、それなんですけど、わたしが今まで聞いた中でいちばん納得がいった説は、それまで生きてきた時間と比較するから、ってことで。十歳にとっての一年は人生の十分の一やけど、四十歳だと四十分の一じゃないですか。しかも、初めて経験することは大きく感じるけど、もう季節も桜咲くとか四十回繰り返すと慣れちゃってああまたか、ってなるでしょ」

「おおおー」

「わたしもそれ、いちばん納得だわ」

「ふふふふ」

知り合いらしい女の客が二人入ってきて、ヤマケンと大声で挨拶を交わした。

「カトレア」が「北川青果店」で、経営していた夫婦が店を閉めようかどうしようか思案していた頃、二階に人を住まわせたことがあった。

週に二、三度、店を閉める直前に玉葱や人参を買っていく若い女がいた。売れ残っておまけを盛ったかごを、いつも思案顔で散々見てから、一つか二つだけ買った。冬のある日、店を閉めて帰りかけたとき、暗い道をその女が歩いて来た。大きな布の袋を両手に提げていた。

「今日は遅いね」

八百屋の妻のほうが声をかけた。街灯の下で女の顔を見ると、右頬に青痣《あおあざ》があった。それを隠した手には擦り傷があり、乾いた血もついていた。

「ね、あんた、傷口洗ったほうがいいよ」

一度閉めた店の奥に、女を座らせ、お茶も入れてやった。女は、二十二歳で、アキと名乗ったが、それ以外のことも痣と傷の原因も話そうとしなかった。

「アキちゃん、今晩帰るとこあるの？」

「誰かに、泊めてもらいます」

「二階、物置になってて汚いんだけど、よかったら二、三日泊まってもいいよ」

女は、表情のない目でしばらく妻を見つめていたが、小さく頷いた。それからアキは、二階で寝泊まりした。四日目に、いっしょに住んでいた男がアキを殴った上に金を持って逃げ、家賃を滞納していたアパートも追い出されたのだと話した。アキは二階を掃除し、朝は八百屋の品出しも手伝った。

一か月経って、妻が階段に支払いの金が入った封筒を置いて目を離した十五分ほどのあいだに、アキはいなくなった。もともと袋二つしかなかった荷物も、支払いの封筒ももちろんなくなっていた。さらにふた月ほどして、客から、アキを団地で見かけたと聞いた。年上の男と夫婦みたいなそぶりで、五階建ての棟に入っていった、と。妻は、団地を通るとアキがいないか見回してみたが、いなかった。客も、それ以来見かけたことはないと言った。その後、夫婦は、二階に住まわせたその女に一度も会うことはなかった。

月初めの一週間は、午後四時で勤務が終わる。

まっすぐ団地まで帰ってきた千歳は、高層棟に入ってポストを眺め、「高橋」の文字を確かめた。十階以上の部屋番号二つを覚えて、エレベーターに乗った。

千歳が子供の頃に住んでいた市営住宅と違って、廊下には自転車も植木鉢も置かれていなかったし、掃除も行き届いていた。廊下からは、山は見えない。高層棟は、細長い吹き抜けと廊下を挟んで両側に部屋があるタイプが多く、勝男の話の通りに廊下から山が見える棟には、「高橋」の名前は見つけられなかった。廊下からではなく、ベランダから見えたのかもしれないと思って、該当する場所に来てみたが、呼び鈴を押して尋ねる度胸もない。

目当ての部屋番号を確かめた途端、ドアが開いて女が出てきた。若い女だった。千歳は思わず廊下の端に下がった。紺色のボーダーのTシャツを着た若い女は、不審そうな顔で千歳を見たが、急に笑顔を作って会釈した。

「こんにちはー」

「こんにちは」

千歳も慌ててほほえみ返した。女は、小さな子供を連れていた。新しい住人なのだろう。つまり、この部屋は探している高橋さんの部屋ではない。それより今の問題はどれだけさりげなくこの場を立ち去れるかだった。

突き当たりにある階段から降りようと、千歳は何事もなかったようにまっすぐ進んだ。階段の手前で千歳が振り返ると、ちょうど向こうもこっちを見ていた。その瞬間に振り返ったのではなくて、ずっと様子をうかがっていたのかもしれない。

千歳は、落ち着いた動作を心がけて階段室に入ると、そこからは一気に階段を駆け下りた。なにをやっているのか、と笑いそうになりながら、千歳はひたすらコンクリートの段を下りた。やはり勝男さんと交流があった住人と世間話でもできるようになって、聞いてみるのがいちばんだ。そんなことが自分の性格で可能なのか、わからないが。そもそも、そこまでして勝男さんがくれるという箱とその中身を絶対にほしいのか、千歳自身にもはっきりしなかった。勝男さんの話を聞いてみたい好奇心のほうが大きいし、この無数の洞窟がある森みたいな場所を歩き回る理由、この団地にいる理由がほしいだけかもしれないとは、気づいてはいた。汗が生え際から首から背中から吹き出してきて、息が切れた。それでも立ち止まらずに一階まで下りると、膝の上の筋肉が小さく痙攣《けいれん》した。

外に出てさっきの人と鉢合わせしないように、下りたところでしばらくスマートフォンを見るそぶりなどをした。そぶりだけでなく、地図を見てみた。現在地の印が現れ、航空写真に切り替えると、ブロッコリーのように茂った木々の間に少しずつずらして配置された三十五棟は、おもちゃのブロックに見えた。指を滑らせて画面を拡大すると、自分がいる場所を示す水色の点は、細長いブロックの端にあった。掌に収まるほどの液晶画面の中の、不鮮明な画像の中に、小さな、見えないほど小さな自分がいる。

しかし画像は、一年前か二年前か、そんなに遠くはない過去に写し取られたこの団地だった。千歳がまだ住んでいない、一俊と結婚もしていないときの、この団地。一俊が住んでいたかどうかはわからない。勝男さんは住んでいた。「高橋さん」はどうだろうか。

やっと呼吸も落ち着いてきたので、千歳は外を確認してから遊歩道に出た。斜面を降りる階段まで来たとき、その下の蛇行した歩道を、二人並んで歩いていく姿が見えた。一人は、すぐにわかった。黒いノースリーブにデニム、踵《かかと》の高いサンダルを履いた中村枝里だった。その隣には、背中を丸めてうつむく年配の女性がいた。母親だろう。

枝里の母親は、ほとんど動いていないのではないかと思うほどゆっくり、しかし確実に少しずつ歩いていた。

枝里が、千歳のほうを見上げた。千歳は、手を振ったり声をかけたりするのはためらわれ、少し頭を下げた。枝里は、確かに千歳の目を見たが、表情は変えなかった。そして、なんの反応も返さないまま向き直り、母親の横で立ち止まっていた。

4

千歳が想像したとおり、川井さんの部屋には仏壇があった。千歳が住んでいる四〇一号室と左右反転した間取りの、北側六畳間の窓際に黒光りする古い仏壇が扉を開けて鎮座していた。ろうそく型の電球が灯っていた。線香の香りがうっすらと残っている。その上の壁に、男性一人、女性二人の写真が掛かっている。仏壇周りと窓際には花や観葉植物が並んでいたが、全体にはすっきりと片付いている。狭苦しい自分たちの部屋を思い出し、千歳はうらやましくなった。

階段の途中に川井さん宛の封書が落ちており、一階の集合ポストかドアの新聞受けに入れてもよかったのだが、これを機会に川井さんと話せないかと思って、先日「カトレア」のお客さんにもらった土産ものの菓子も持って隣室の呼び鈴を押したのだった。じゃあちょっとお茶でも、と川井さんにあまりに期待したとおりに誘われたので、千歳は少々後ろめたい気持ちでいた。

川井さんは、麦茶の入ったガラスの茶碗を、ちゃんと茶托《ちゃたく》とお盆に載せてきた。

「あの、おかまいなく」

千歳は、両方の掌を川井さんに向けて遠慮したが、川井さんは一つだけの茶碗を座卓に置いた。北側の窓もベランダ側の窓も全開で、生ぬるい風が通る。扇風機も首を振って強風を送り続けている。しかし、予報では最高気温は三十五度。四階まで上ってきた千歳の汗も引かなかったし、川井さんの紫色のブラウスも、首から肩が汗で張りついている。

「クーラー、つけたほうがいいですよ」

千歳は、言ってみた。

「嫌いなの」

「あの、テレビのニュースでも熱中症で何人も病院に搬送されたってやってましたし、もっと水分もとられたほうがいいのではないかと」

「結構風が通るのよ。これでじゅうぶん」

川井さんは、団扇《うちわ》を手にとって扇《あお》いだ。年齢のことを言われるのはいやなのだろう。あまりしつこく言わないほうがよさそうだと千歳は判断した。

「日野さんは、長くかかってるんだねえ」

お盆を持ったまま、向かいに腰を下ろした川井さんが言う。

「だいぶ元気になりまして、少しならご近所も散歩してるみたいなんですけど、階段で四階はやっぱりなかなか……」

「八十五歳だからねえ。もうそろそろかもしれないねえ」

「えっ」

千歳は思わず川井さんの顔を確かめたが、仏壇に視線を向けておだやかな表情をしていたので、かえってそのあとに言う言葉を思いつかなかった。南側の六畳には、箪笥が二つ。つやのある木目調の化粧板で、子供のころに家にあったのとよく似ていた。この団地にいると、あの大阪の市営住宅に戻ったような錯覚がよく起こる。黄緑色の食器棚も、畳の上に敷かれた青いカーペットも、それを留めているピンの頭部のプラスチックのパステルカラーも、みんな見覚えがある。

「川井さんは、東京のご出身なんですか?」

「わたしは、大阪」

「ほんとですか、わたしも大阪なんです。大阪で、ここそっくりの市営住宅に住んでて」

「そうなの。日本中に、こういう団地ができたからねえ」

「大阪のどちらですか」

「さあ、子供の頃のことはよく覚えてないのよ。いたのは、七歳までだから」

川井さんが両親から聞いた話によれば、和歌山との県境に近い海沿いの町に住んでいたが、戦争が終わって父親の郷里の三重に行き、その三年後に一家で東京に移った。港や近所の子供たちと遊んだ川の風景は覚えているが、それも三重での記憶なのか判然としない部分もある、と川井さんは話した。

「この棟ができたときからお住まいなんですよね」

「そうよ。日野さんと同じ」

「じゃあ、勝男さんとは長いおつきあいで」

「まあ、世間話程度はね。おじいちゃん、ちょっと、なんていうか、個性的でしょ」

「そうですね、おもしろいですけど」

「うちの夫とはたまに麻雀《マージャン》なんかやってたみたいだけど」

「団地ができたてのころに住んでた方々って、もう少ないんですか」

「まだいるわよ。この棟にもあと一軒」

「勝男さんが仲良かった高橋さんてご存じですか？　ちょっと、伝言を頼まれたんですけれども、勝男さんが連絡先を忘れてしまってですね」

「何号棟かも？」

川井さんの灰色がかった目に警戒の色が宿った。やはり怪しいかもしれない。用事があるなら電話でもすればいいのだから。千歳は続く言い訳を考えたが思いつかなかった。

「わたしが知ってる高橋さんなら、とっくに亡くなったけどねえ。もう、二十年にはなるんじゃない？」

そこで言葉を切り、川井さんは千歳をじっと見た。

「やっぱり、前にぼや出したのって……」

眉根を寄せて声を潜め、いかにも大声でははばかられる話題という雰囲気を川井さんは強調した。千歳は慌ててごまかした。

「いえ、あのときはフライパンを火にかけたところで電話がかかってきたらしくて」

嘘《うそ》ではない。ただ電話は二言で終わったのに、そのままフライパンのことを思い出さなかっただけだ。そんなことわたしにだってあるし、と千歳はなぜか自分を納得させるために思った。住人の半数が六十五歳以上というこの団地では、認知症の症状が出て越していく人もいるし、対応をどうするか近所の人が話し合うこともときどきあるらしい。

「自分の部屋に帰れなくなっちゃったりね。そうすると一人暮らしはもう難しいわよね」

「いやー、ここはわかんなくなりますよー。わたしもいまだに、うっかり人の家に入っちゃったらどうしようかと」

「うっかり」

川井さんは千歳の言葉をなぞり、真顔になる。信用はされていない、と千歳は感じる。

「ま、ないですけどね。ちゃんと、帰れますよ、もちろん」

「わたしもね、娘と息子がいるんだけど滅多に会わないし、いつまでここで暮らせるか」

川井さんは、窓の外に目をやった。四〇一号室からとほとんど同じ風景。しかし、隣の部屋からは見えなかった向かいの棟のベランダに赤い花のついた鉢植えを発見した。

「やっぱり、ここがいいですか」

「そりゃあ、いいわよ。探したって、こんなにいいところ、ほかに見つかりっこないわ」

川井さんは、初めて穏やかな笑みを見せた。


四〇一号室に戻ってまず、千歳はエアコンのスイッチを入れた。このエアコンは、一俊が二年前にここに住むようになったときに買ったものだった。それまでは壁と同じように黄色くなったエアコンが故障したままほったらかされていたのだと、一俊から聞いた。子供の頃住んでいた部屋でも、クーラーをつけた覚えがない。千歳は、締め切った窓の外の、ぎらぎらとまぶしい世界を眺めながら、記憶をたぐった。

ベランダ側の壁にあったのは、焦げ茶色の家具調クーラーだった。リモコンではなくて、壁に固定されたつまみをひねる仕組みだった。両側の窓を開けていれば、じゅうぶんに風が通った。夜は特に。宿題をしていたプリントが窓から飛んで行ってしまって、慌てて階段を駆け下りて探しに行ったこともあった。夏の間は、玄関も開けっ放しのことがあった。かまぼこ板をドアの下に挟んでいた。開けたまま子供だけで家にいても、危ないとも言われなかった。

時間が経った、と思う。

何年も思い出しもしなかったことが、こうして次々と鮮やかに浮かんできても、本当にあったことなのだろうか、と思えてくる。映画かドラマで見た場面を、自分の記憶と勘違いしていると人に言われたら、まぎれもなく自分の人生だとちゃんと証明できるだろうか。さっき話していた川井さんの頭の中には、もっと遠い時間の、川井さん以外には誰も覚えている人がいないかもしれない光景があったのだ。それを見られたらいいのに、と千歳は思う。近未来ＳＦの映画みたいに、人の頭に電極をつないでそのヴィジョンを上映できるような装置が、いつか開発されればいいのに。そうすれば、勝男が探している人のこともわかる。

日曜の朝、めずらしく一俊のほうが千歳より先に起きていた。

「おはよう」

と台所から声をかけてきた一俊は、缶詰のランチョンミートを焼いていた。これまでも、千歳の分もコーヒーを入れたり食パンを焼いたりすることはあったが、朝から料理らしいことをしているのは初めてだった。一俊は、金曜に長らく抱えていた案件が終わって早く帰宅し、土曜は一日ごろごろしていたが、それでも機嫌がよさそうだった。

食卓には、ほどよく焦げ目のついたランチョンミートと目玉焼きとトマトと、食パンと、コーヒーが並んだ。一俊は食パンにマーガリンを塗って砂糖をかけて食べる。勝男がいつもそうしていたのだ。千歳はそのときどきで違ったが、今日は一俊と同じマーガリンに多めの砂糖を載せた。

食べ終わると、一俊が言った。

「出かけますか」

「えっ、めっちゃ暑そうやのに？」

一時間後には、二人は団地内の標高四十四メートルの山のふもとの歩道を歩き、バス停に向かった。

「子供の時って、どこに遊びに行ってたん？　ディズニーランド？」

「としまえん。あと、サンシャインとか。団地に住む前は、保谷にいたから」

「水族館？」

「も行ったけど、なんかふつーに店がいっぱいあるとことか」

「刑務所の跡地やったんやんな、サンシャインて」

「そこまで古いのは覚えてない」

「そらそうやん！」

千歳が一俊の肩をたたいて笑うと、一俊は千歳をじっと見て言った。

「返し方がわからない」


日野圭子は、山の下の道を気が進まないまま歩いていた。

夏の始まりで、早々に蚊に刺された足が痒《かゆ》かった。前の日に勤め始めて二年目の機械部品の会社でめずらしく注文書を間違えてしまったことがまだ尾を引いていたし、これから訪ねる先でいいことがあるようにも思えなかった。「話がある」などと呼び出されるときは、ろくなことがないに決まっている。

団地の西側に並ぶ高層棟の四階、育代《いくよ》の部屋に向かっていた。長い長い廊下には、子供がかくれんぼをしている声が反響していたが、姿は見えなかった。

中学校も同級生だった育代は、高校が離れてからもほかの友人たちも交えて新宿や原宿に出かけたり、誰かの家に集まったりした。二日前、勤め先から帰る途中に寄った新宿で、育代に会った。伊勢丹で買い物をしてバスに乗ろうとしたら、育代が男と歩いてきた。髪を伸ばして全体にひょろ長い印象の、しかしなんとなく愛嬌《あいきょう》のある顔の男で、髪と髭に不似合いな真っ白のシャツを着ていた。声をかけると、育代は妙に気取った挨拶を返した。

二人の姿を思い出して、気が進まないまま呼び鈴を押した。返事もなくすぐにドアが開き、育代が顔を出した。意外なほどきちんと化粧をしていた。

三年前にこの部屋に入ったときは、育代の兄のギターやレコードが部屋の一角を占めていたが、彼は京都の大学へ進学し、育代もここを出て一人暮らしを始めたので、少し広く感じられた。その代わりに母親が趣味で作っている毛糸の人形が、あちこちに並べてあった。両親は、と聞くと、

「温泉に行ってんの」

と育代は窓を開けながら言った。団地の自治会主催ツアーの張り紙を、そういえば掲示板で見た覚えがあった。

「いいね」

「そう？　大勢で温泉なんて、わたしは楽しめない」

育代の言い方にはなんとなく棘《とげ》があり、やはりこのあとの話はいいことではないのだろう、と圭子は思った。育代がカルピスを作ってくれ、二人で飲みながら少し近況など話した後、圭子は思い切って聞いてみた。

「あの人、彼？」

「うん」

新宿で育代と歩いていた男は、団地の隣の大学の商学部に在籍しているが学校にはほとんど行っておらず新宿の店で週に一度サックスを吹いている、と育代は説明した。二日前に圭子が見かけたときも、その店に行く途中だった。ふた月ほど前から神田川沿いの彼のアパートで、半同棲中なの。

流行の歌そのまんまなんて、と思わず口をついて出そうになったが、育代の楽しげな顔を見ると、そんなことは言えなかった。窓の外は、欅や楠の梢がよく茂って、薄暗いほどだった。同じ団地の中なのに、全然景色が違う、と圭子は思った。

「すぐ近くじゃない。ご両親にばれるわよ」

育代は、花柄のビニールクロスが敷かれたテーブルに肘をつき、氷の融けたグラスを軽く揺らした。

「意外にわからないもんよ。わたしのアパートにも週に一、二回は帰ってるし」

東池袋のアパートに育代が引っ越してすぐに、圭子は遊びに行ったことがあった。古くて狭いけれど、真新しい家具と育代がそろえたきれいな色の食器をうらやましく思った。

「わたし、妊娠したかもしれない」

唐突に、育代が言った。

「そう」

「たぶんね」

一週間前も昨日も病院の前まで行ったのだが、迷って結局診察は受けなかった、週明けにまた行くつもりだ、という。

「彼は四年生だっけ？　就職は？」

「会社勤めする気なんて全然ないんだって。ステージに出てる今のお店でそのまま働けたらって言ってるけど、どうなるんだか」

「とにかく、早く病院行って確かめないと。それに、彼に話したほうが」

「そんなことまったく想像もしない人だもの。慌《あわ》てるだろうなあ」

育代は軽く笑ったけれど、どこか誇らしげな調子も含まれていた。一呼吸置いて、育代は言った。

「もしそうだったら、お金、貸してもらえない？」

育代は池袋の事務用品の会社で働いていて、圭子の勤め先よりも大きな会社で給料も良さそうだったが、つきあっている男の食事代も出してやっているようだった。

「……わかってから、もう一度聞いて」

それぐらいしか、圭子は言えなかった。

「よくある話よね」

窓のほうを向いた育代の横顔は、少し青ざめて見えた。

「そうね、よくある話」

そのあと、少し知り合いの噂話などをして、圭子は部屋を出た。

圭子の母花江《はなえ》は、その前の年に死んだ。花江も、「よくある話」の一人だった。圭子は、自分が勝男と血のつながりがないと知ったのはいつだったかはっきりと覚えていない。なんとなく、勝男と自分が全然似ていないことや、母方の祖父母の態度から感じ取っていたのだと思う。妊娠していた花江と、子供の父親ではない勝男は結婚して、その二か月後に自分が生まれていた。勝男の子供として、届けは出されていた。

今までに、そのことを誰にも話したことはなかった。勝男にも、花江にも、半年前に少しだけつきあった男にも。花江が死ぬ前に二週間ほど入院していたあいだも、何度か、自分が知っていることを母に告げようかと考えたが、結局言わなかった。母はわかっているような気もしていたし、言ったからといってなにが変わるでもない。興味がないと言えば嘘になるが、もう一人の父親が誰かわかったとしてなにがしたいということもなかった。テレビドラマでは「出生の秘密」が出てくることはよくあって、登場人物たちは大げさに驚いたり泣いたりしながら「本当の親」「血のつながり」なんて言い方をしていたが、そういうのもぴんとこなかった。まさか前に見たドラマみたいに、復讐のために殺人犯の子供を育てたということもないだろう。そう思って、今は二人暮らしになった勝男と、それまでと変わらない生活を続けていた。

ぼんやりと考えながら、圭子は夕暮れの団地の中を歩いた。少し風が出てきたが、蒸し暑かった。なんとなく、井上陽水の「断絶」を小さな声で歌いながら歩いた。

北側の斜面を下りると、公園では走り回る子供たちに混じって、あちこちのベンチに学生がたむろしていた。ただしゃべっているものもいれば、演劇の稽古をしているグループもいた。年齢は圭子とほとんど同じ彼らを、しかし別の世界の住人のように遠く感じつつ眺めた。

「ねえ、きみ」

声のしたほうに振り向くと、木の根元に若い男が座っていた。育代といた男とよく似た、肩口まで髪を伸ばした男だった。ただし、真っ赤なTシャツに膝に大きな穴が開いたジーパン、そして裸足だった。よく見ると傍らに下駄が置いてあった。

「モデルをやってくれない？」

男は、一眼レフのカメラを軽く掲げて見せた。どう見ても怪しかった。


新宿御苑は、千歳が予想したよりも人出があった。家族連れもいたし、若いカップルも多かった。

温室に行ってから、広大な芝生広場の隅の木陰にシートを敷いて腰を下ろし、伊勢丹の地下で買ってきたパンを食べた。一俊はめずらしく饒舌《じょうぜつ》で、仕事の話をした。一俊の今の仕事は、おもに通販のウェブサイトの作成や管理で、金曜に一段落した案件は、農産物や特産品を扱うものだったが、その会社の人が無理なリクエストばかりするので開設がかなり遅れた。

「自分ができないことって、かえって、なにか魔法みたいにうまいことなるもんだって思ってるんだよね」

「わかる。わたしも絶対無理な仕様やのに、受注元のおっちゃんからくるっとぱっとしたらええやん、とか言われたわ」

前に結婚していたときも、一俊はこんなふうにどこかの公園に行ったりしたのだろうか。「カトレア」で同級生の女子たちとの会話を聞いていても、いつでも誰に対してもふるまいは変わらなかったので、積極的に賑やかな場所で遊んだり海だとか山だとかに行ったりしていたとも思えない。たまには旅行にでも出かけようよ、と言われていたかもしれない。前にテレビを見ているときに沖縄に行ったことがあると言っていたのは、前妻と行ったのかな。

千歳は、とりとめのないことを連想式に思い浮かべながら、パンをかじり、ぬるくなったお茶を飲み、芝生の上を駆け回っている子供たちを眺めていた。強い日差しをものともせずに、子供たちは走り、転がり、歓声を上げていた。近くの木陰にいる母親が、子供の名前を呼んでいる。

千歳は、結婚して子供が二人いて、というような家庭を自分が持つことを、幼いころも、友人たちが結婚するようになってからも、うまく想像できないまま年齢を重ねて、今も、子供がほしいという気持ちは強くなかったし、かといって絶対にほしくないと思っているわけでもなかった。ときどき、こうして家族連れなんかを眺めていると、子供がいる生活ってどんなかな、と思うが、あまりリアルな感情ではない。リアルな感情ではないので、そんな程度の感覚しか持てない人間、家族との関係もうまく作れなかった自分のような人間が子供を育てないほうがいいだろう、とそのたびに思った。そしてそんな機会もなかったし、と同じところに着地するのだった。

名前を呼ばれた子供が走ってきた。四歳か、五歳くらいの男の子で、青い帽子の下で汗に濡れた髪が顔に張りついてる。

「わたしらのときは、男子はみんな野球帽かぶってたけど、今は誰もおらへんね」

「大阪だとやっぱりみんなタイガースなの？」

「七割方かな。巨人ファンもけっこうおったよ。あ、東京に来てから気づいたけど、こっちの少年野球チームって関東の球団かメジャーリーグっぽいユニフォームやんな。うちの近所はしましま率が高かったなあ。阪神ぽくしてたんやな、あれ」

ふーん、と一俊は薄い反応を返し、当分間があいてからつぶやいた。

「暑い」

一俊は、まぶしそうに空を見上げていた。

「選択を間違えたなあ。涼しいとこがよかった」

「今か」

「いや、ちょっと前から思ってたけど」

「ユリの木って、どんな花やろ？」

「チューリップみたいなの」

「よう知ってるね」

「看板に書いてあった。けど、本物は見たことない」

「大きい公園があるとこってええなあ。今の団地もやし、東京は緑も大きい木もいっぱいで自然が豊かやからええわ」

「自然って、人間が関わらないもののことじゃないの？」

「じゃあ、なんて言うたらいいの？」

「なんだろ」

閉園の時間が近づくと、蒸し暑さは変わらないものの刺すような日差しはようやく和らいだ。千歳と一俊は、出る前に園内を一回りしようと歩き出した。

中国風の屋根が反《そ》った建物がほとりに立つ池の前を通ったら、一俊がそこに落ちたことがあると言った。両親と離れて団地で暮らし始めてすぐのころに、勝男に連れられてきて、池をのぞき込んでいて足を滑らせた。助けがなくても上がってこれたのにじいちゃんも慌ててというよりは張り切って池に入ってきて、二人で濡れて生臭いままバスで帰った。じいちゃんが連れて行ってくれた子供が行くようなところはあとはデパートの屋上くらいで、行きつけの飲み屋につきあわされたり、そうそう麻雀もやらされたな、おじさんたちがおまけしてくれてお菓子なんかもらったからよかったけど、あれって誰だったんだろ、近所の人かな。

「あっ」

一俊が急に声を上げて立ち止まり、そのすぐ後ろを木々の梢を見上げながら歩いていた千歳は背中にぶつかってしまった。一俊が見ている先を肩越しに確認した。歩道に木の枝か蔓《つる》が落ちていると思ったが、よく見ると蛇だった。濃い赤ワインのような色で、アスファルトの上をゆっくりと這っていた。

千歳の職場の近くには、いくつか専門学校や資格取得の看板が出ている教室がある。会社の昼休みにコンビニへ行くと、そこに通っているらしい子たちで混み合っていた。大学は夏休みのこの時期、彼らが大学に通いながら資格取得に励んでいるのか、専門学校の学生なのか千歳には区別がつかないが、自分が同じくらいの年齢だったころよりも、皆熱心に勉強しているように感じる。見た目は幼かったり、ホストみたいな格好の男もいるが、周辺のカフェやファミリーレストランでも何時間もテキストを開いて真剣な顔をしているのをよく見かける。千歳も大学を卒業する時期は不況だったが、シュウカツという自分たちのころにはなかった言葉は、ニュースやインターネットを通して知る限りでは、より厳しく彼らを追い詰めるものになっているようだ。

千歳が東京の職場に移ってすぐのころ、担当していた衣料品会社の社長と話していたときに、どういう話の流れだったかは忘れてしまったが、大学で勉強してたんだー、そんな人もいるんだねー、と、軽く驚いたように言われたのがずっと心に残っている。社長といってもまだ若く、千歳より一回り上、当時四十歳くらいだった。大学は勉強しに行くところですし、実技の講座が充実しているところだったので染色や縮絨《しゅくじゅう》の技術も身につけばと思って受験したので、と答えたら、その人は、へえー、まじめなんだねえ、と大仰に言い、それが感心しているのか馬鹿にしているのか、千歳はよくわからなかった。学生時代に遊ばないでいつ遊ぶの、ともその社長は言っていた。

「大学」も「就職」も「勉強」も、あの社長とわたしと、それからコンビニで菓子パン一つ買って校舎に戻っていく今の学生たちとでは、意味するものも実際に経験することも、まったく違うのだろう。それなのに、同じ日本語の単語だから通じていると思って話すからこじれていくのかも、と千歳は思った。

鮭ハラスおにぎりとスモークチキンサラダを買って職場に戻り、打ち合わせコーナーで経理担当の三島直美《みしまなおみ》と食べた。彼女は千歳より二つ年上だったが、子供はすでに高校三年と中学三年で、受験が重なって大変だと話した。自分がこうして夏期講習代を稼いでいるのに中学三年の息子が昨日サボっていた、その上突然美術科に行きたいと言いだし、絵を描くのが好きなのと美術の勉強をするのは違う、高校は普通科に行って美術は大学でやりなさいと言ったのだが、すねてしまって話し合いにならない、というような話を聞きつつ、もらい物のチョコレートのお裾分けをかじった。千歳が東京で会うことのある友人は子供がいないか、いてもまだ小さいので、受験の話は、かつてそれを経験したものとしては懐かしく、親の立場としては新鮮だった。長らく忘れていた感覚を思い出したせいか、午後からの仕事の間も、なんとなく落ち着かなかった。

水曜だったので、仕事が終わるとそのまま「カトレア」に向かった。一時間に二本しかないが、会社の近くから「カトレア」の前の通りへ行くバスがある。

水曜は意外に客が多かった。週末は新宿あたりまで飲みに出る人が多いから、水曜木曜くらいが近くでちょっと食べて帰るか、って感じなんだよね、とあゆみは解説した。

前の週には、以前会った元手芸部の女子が一人で来たが、千歳は中村枝里にはしばらく会っていない。団地の中で、枝里が母親と歩いているところに遭遇して以来、一度も見かけないし、店にも来ない。

あゆみの話では、枝里の母親は何年も前から体調が悪く、世話をする枝里はあまり出かけられないらしかった。枝里は青山の大手デザイン事務所で働いていたのだが、母親が入退院を繰り返した時期に仕事を続けるのが難しくなって辞めた。その後、知人から仕事を受けて家でやったり、アルバイトに行ったりの生活が、もう三年ほど続いている。本人はつらいとか言わないけど、ちょっと心配だよね、とあゆみが言い、千歳も頷いた。

「おねえさん、関西？」

カウンターに一人で座る、五十代くらいの男が話しかけてきた。

「大阪です」

「やっぱり。すぐわかるねんなー、おれ」

男は、西宮の出身で、もう東京で暮らして三十年以上になると言った。

「昔、そこにテレビ局あったん知ってる？」

ほかの客からも、その話は何度か聞いた。当時はこのあたりにテレビ局員たちが立ち寄る飲食店が多くあった。

「知ってますよ。『ポンキッキ』の終わりに、教材の通販かなんかの案内が流れるんですけど、それが、牛込局区内って宛先やったんですよ。それで、あのあたりをバスで通ったときにアナウンス聞いて、あっ、ウシゴメキョククナイのウシゴメや、って」

「そんなんあった？　ま、おれはテレビ局の人やなくて、警備員やったんやけどね。そらもうお金があっちでもこっちでもどばどば流れてるような時期やったけど、おれはべつにどうちゅうこともなかったわ。女の子と飲みに行ったときに、芸能人に会えるとか話のネタに使《つこ》たぐらいか」

男は水餃子をアテにビールを飲みながら、その当時に見た芸能人の話をした。


中学校の夏休みが始まって一週間が経ち、一俊と中村直人を含めた同級生たちは、自転車でテレビ局に向かった。公開録画の番組に好きなアイドルが出るというので通用口付近をうろうろしたが、結局見かけたのはお笑いコンビだけだった。

団地に戻ってくると、近くの棟の窓から声が降ってきた。同級生の一人、北原孝太郎《きたはらこうたろう》の母親が早く帰ってこいとほとんど怒鳴っていた。北原孝太郎は週末に引っ越す予定で、荷造りを手伝うはずだったのに黙って出てきたのだった。

一俊と直人も孝太郎の部屋までついていった。玄関のドアは開け放たれ、孝太郎の母親とあと二人が段ボール箱に荷物を詰めていた。怒られる孝太郎といっしょに玄関で謝りながら、一俊は部屋の奥を覗いた。

いいじゃねえか、離れちまうんだし、もっと遊びたいだろ。

そう言って母親をたしなめたのは、どうやら孝太郎の祖父らしかった。彼は、左腕の肘から先がなかった。半袖のシャツから出ているそこには腹巻きみたいなものが被《かぶ》されていた。彼は右手と、半分だけの左腕で、新聞で包まれたなにかを器用に箱に詰め、蓋《ふた》を押さえ、ガムテープで封をした。なめらかな動きに見入って、一俊はぼうっとしてしまった。

おう、坊主、じいちゃんによろしくな。

彼は、勝男の部屋に麻雀をしに来たことがあった。そのときも、片手でさっさと牌《パイ》を並べるのを一俊は感心して眺めていた。

木曜の朝、暑いせいか六時前に目が覚めてしまった千歳は、ごみを出しに降りて、そのまま団地の外へと歩いた。

まだ青みがかった空気は、心地よかった。緩《ゆる》やかに弧を描く坂道を下り、医療センターの外周を歩いて行くと、石垣があった。それに沿って右へしばらく行くと、石垣の一部が、不自然にコンクリートで塗り固められている場所を見つけた。上部がアーチ型、まさにトンネルの形がはっきりと表れていた。

上の縁は千歳の頭より少し高いくらいで、もしこれがトンネルの大きさそのままだとすると、大柄な男なら、少し身をかがめなければ進めないだろう。狭い暗闇が、千歳の脳裏に浮かんだ。現在は医療センターになっているここにあった医学校と、道路の向こう側の感染症研究所になっている場所にあった病院をつなぐ地下通路があったのは、事実だった。一俊が子供の頃に住んでいた数年のあいだに、研究所の工事現場から人骨が大量に発見された。戦時中のものらしいという以上に詳しいことは発表されず、それ故に団地周辺では都市伝説や怪談じみた話がある。

一俊が子供のころ、このトンネルが団地のどこかの部屋につながっているという噂があった。入口が埋められただけなのか、中の枝分かれしていたはずの通路もすべて埋められたのか。埋めたとしても、この入口のようにはっきりとその形は残っているに違いない。

上り坂を歩いて行くと、山の下に戻ってきた。山の中腹の広場で体操をする人影が見えた。犬を連れた人もいた。たいていは、川井さんや勝男の世代の人たちだった。

「高橋さーん」

声が響いて、千歳は広場を見上げた。手を振りながら歩いて行く男の姿があった。

5

夏になってますます茂った木々の葉から発する水分は、朝のうちは心地よい。鳥の鳴き声が、あちこちの木々の隙間から降ってきた。

白髪のほうが多い髪を短く揃《そろ》えたその男は、腕を大きく振りながら遊歩道を歩いていく。肘を曲げ、右、左、と規則正しく回転させる姿は、いかにも健康的だった。

千歳は、「高橋さん」と呼ばれたその人の顔を、思い浮かべながら後を歩いた。さっきまで、山の広場で体操をしていた年配の人たちのグループに混ざり、「高橋さん」はしばらく談笑していた。斜面から見上げたその顔は、なんとなく想像していたよりも、明るい印象だった。目も口も大きいのが、小柄なうえに年齢を重ねて痩せた頬によって余計に目立っていた。「高橋さん」たちがなにを話していたのか、具体的なことまでは聞き取れなかった。

今、千歳の十メートルほど前を歩いていく「高橋さん」は、白いポロシャツに濃い色のデニムをはいている。昭和の映画スターみたいだな、と連想してしまうのは姿勢がいいからかもしれない。午前七時すぎの団地の中を歩くのは、出勤や通学の人よりも、朝の散歩という感じの人が多い。都心の団地だからというのもあるだろう。

「高橋さん」は、坂を上り、しばらく行くと、高層棟の一つへと入っていった。高層棟、と千歳は気が急《せ》いた。条件に合っている。足を速めて棟に入ると、ちょうどエレベーターに「高橋さん」が乗り込むところで、千歳もそこに滑り込んだ。

「何階ですか?」

不意に「高橋さん」に聞かれ、千歳は慌てた。集合ポストでこの棟の「高橋」さんもチェックしていたはずなのに、とっさのことで思い出せない。

「えっ、あの、十三階です」

「高橋さん」は薄くほほえんで、十三のボタンを押した。

「ありがとうございます」

「高橋さん」は、十階のボタンを押した。そうだった、十階。

扉上部の数字の光る部分が移っていくのを見上げている「高橋さん」を、千歳はちらちらと見た。勝男から聞いた話に比べて、若すぎる気もする。

なんて聞けばいいのだろう。

日野勝男さんてご存じですか？　高橋さんは征彦さんですか？

「わたし、この団地に越してきたばっかりなんですけど、素敵なところですね。長くお住まいの方が多くて」

そう言い出そうと、口を開きかけたところで、低い唸《うな》りと共にエレベーターが速度を落とした。あっけなく扉が開き、軽く会釈して「高橋さん」は降りていった。千歳は、いったん十三階まで行ってから階段で十階に戻り、「高橋さん」の部屋を探した。うろ覚えだったポストの数字の通りの部屋に、「高橋」と表札が出ていた。ここだろうか。

水色の扉が、目の前にあった。

「高橋さん」は部屋に入ったばかりのはずだが、外に聞こえてくる物音はない。とても静かだった。青くて固い扉がそこにあった。千歳は、インターホンを押す理由を思いつけなかったので、部屋に戻ることにした。そろそろ出勤の準備もしなければならない。

高層棟は、東西に向いた二棟を合わせた形で、勝男が言ったような景色が見渡せる廊下ではない。細長い吹き抜け部分を挟んで反対側にも扉が並ぶ廊下がある。どこかで扉が開く音がする。足音が響く。おはようございます、いってらっしゃい。こつんこつん、となにかわからない音。

四〇一号室に戻ってくると、一俊が台所で湯を沸かしていた。

「どこか行ってたの」

「なんか目が覚めてもうたから、ごみ出しついでに歩いてきた」

室内はインスタントコーヒーの香りが漂い、トースターではパンが焼けていくところだった。

「喫茶店のにおいする」

「コーヒーが？」

「コーヒーとトーストと、あと水のにおいかな。わたし喫茶店のにおい、なんか好きで。いいな、家に帰ってきて喫茶店のにおいするの」

「そう？　昨日もその前もおんなじもの食べたから、同じにおいじゃない？」

「外から帰ってきたから、強く感じるんかも」

「じゃあ、用意して、一回下まで降りてまた帰ってきたらいいんじゃない？」

「そうか」

焼けた食パンとコーヒーのマグカップが二セット、座卓に並んだ。

「ラジオ体操、やってた？」

一俊に聞かれて、そうか、夏休みだったっけ、と、千歳は子供の頃住んでいた市営住宅のラジオ体操の光景を思い出した。集会所の前の広場で、同級生の父親が前で手本を示していたが、役員かなにかをしてたんだろうか。出席カードのスタンプが揃うとなにかもらえたが、なんだったか思い出せない。

「やってたんかな？　それは見いへんかった」

「小学校でやってると思う」

「そや、トンネルは見たで」

千歳が言うと、一俊はなんのことかぴんときていない顔で見返した。

「石垣のところの、埋めてある入口」

「ああ、あれね。もっときれいに工事すればいいのにね」

一俊はいつもの通り関心の薄い調子で返し、マーガリンを塗った食パンに慎重に砂糖をかけた。


緩やかに曲がった道の先には、山が見えた。山、と呼ばれているが、なにも知らずに見ればちょっとした丘程度の高さだ。

木造の家が並んでいる。平屋で、庭がある。庭には、低木が植わっているところもある。枝振りは貧弱で、まだその場所に馴染んでいないように見えた。

同じ形に整った敷地は余裕があって、勝男が一年前から住んでいる坂の下の川沿いの、バラックや小屋としか呼べない家がごちゃごちゃとしている地区とは、ずいぶん雰囲気が違った。バスを改造した家も、この間まであった。先週通ったらなくなっていたが。

誰だかの知り合いが住んでるって言ってたな、と、二十歳の勝男は、平屋の家を見やった。トイレは水洗で、風呂もあるらしい。ガラス戸の向こうには、薄いオレンジ色のカーテンが掛かっている。そのカーテンに日が射して窓枠の影がくっきりと映っているのが、なんだかとても美しい光景に思えた。どこからか笑い声や、ラジオの音が聞こえてくる。それ以外は、大通りの喧噪《けんそう》がうそのように静かで穏やかだ。

戦争の間も、このあたりを幾度も通った。鉄屑を拾って帰ったこともあった。空襲がひどくなって身を寄せていた遠縁の家から、追い出されるようにして戻ったのは七月のことだった。十五歳だった。戻ってきたら知っている家はほとんどなくなっていた。だだっぴろい、瓦礫《がれき》の転がる風景が続いて、遠くに見える焼け残った建物はなんだろうと目を凝らすと、驚くほど離れた場所だった。

山の周囲には、レンガ造りの病院と研究所が残って、目印になっていた。焦げ跡の残る道を歩いた。暑かったし、とにかく飢えていた。焼け跡の防空壕を覗いてみたりしたが、食べられるようなものはなにも見つからなかった。

時間が経った、と勝男は思った。今でも、あの焼けたり焼け残ったりした街というか街の残骸を飢えながらさまよっていた感覚が不意に戻ってきて立ちすくむようなことがあるが、そして、目の前の人々が騒々しく行き交い、自動車が走り、ものが売り買いされている現実の世界を受け止められなくなりそうになるが、今はあのときではない、と確かに思えるようにはなった。

両手に一つずつ提げた大きな布袋には、印刷工場から運ぶ手帖がぎっしりと詰まっていた。持ち手が食い込んで、掌が痛んだ。早く届けなければ、と歩き出した。時間を確かめたかったが、腕時計もしていなかったし、ちかくに時計は見当たらなかった。

平屋が並ぶ通りを抜けて振り返ると、なだらかな山の斜面に傾きかけた日差しが当たっていた。

七月の終わりになると、駅からの道は学生の姿が減って、歩道はずいぶん歩きやすくなった。信号待ちしていると、肩を叩かれた。

「千歳さん」

中村枝里だった。黒いTシャツにショートパンツで、夏らしい健康的な雰囲気に見えた。

「お久しぶりです。お元気ですかあ」

声も、意外なほど明るかった。

「うん。枝里さんこそ、しばらく……」

「元気元気」

「あゆみさんが、店に顔出さないなあって」

「あー、行きます行きますよー」

信号が変わって、千歳と枝里は並んで歩き出した。

「枝里さんは、そこの高校行ってたんだっけ」

「永尾くんが言ってました？」

千歳は頷いた。

「頭いいんでしょう。一俊は入れなかったって」

「近いから、いいかなと思って。大学は、近すぎてやだから、離れたとこにしましたけど」

「美大とか？」

「や、フツーに、商学部です」

あまりに蒸し暑く、斜めからまだ十分に強い日が差して眩《まぶ》しいせいか、会話は途切れがちで、お互いに気を遣って話しているような感じがあった。枝里が聞いた。

「出かけてたんですか？」

「仕事です。駅の近くで」

千歳は、二か月目になる勤め先のことを簡単に伝えた。

「そうかー。わたしもそろそろシューカツしないとなー」

大通りは渋滞していて、自動車からもバスからもトラックからもその苛立ちがにじみ出て、一帯に充満しているように、千歳は思った。

「このあいだの」

枝里の声は、千歳には唐突に感じられた。

「母なんですけど、愛想なしでごめんなさい。ちょっと体調悪かったから」

枝里は、なんでもないことのような感じで言った。それは、あのとき団地内の坂で会った、母親と並んで立ち止まっていた枝里の無表情を、かえって鮮明に千歳に思い出させた。

「いえいえ、そんな。お母さんは、今はいかがですか」

「まあまあ、ですね」

「枝里さんも、いろいろ大変なんですね」

なにをどこまで聞いていいかわからないとき、なにを言ってもぎくしゃくする、と千歳は思った。

「まあまあ、かな」

そのあとは、また会話は止んでしまった。

高層棟の間の道を並んで歩いた。買い物帰りや、少ないけれどちゃんといる子供たちや、子供を自転車の後ろに乗せた母親たちが通った。

自転車を押す一人の姿が目に入った。広場の大木の下を行く、ピンクのTシャツ。

「あの子」

千歳が言うと、視線の先を枝里も追った。

「昼間に団地をうろうろしてた時によく見かけて。学校、行ってへんのかなーって」

「ああ、わたしも見かけたことある。かわいい子だよね」

女の子の後ろ姿は大通りのほうに消え、枝里は、それ以上は言わなかった。それぞれの行き先へ遊歩道が分かれるところで、千歳はふと思い立った。

「うちで、ごはん食べません？」

「……どうしようかな」

四〇一号室に入って、枝里は部屋中を見渡した。

「なんか、こんなだったかな」

「わたしの荷物を無理やり詰め込んでもうてるから、狭くてごめんね」

「ここに最初に来たときのこと、すごく覚えてるなあ」

枝里は、立ったまま、窓の外に目をやった。

「なんでだろ。特別、何かあったわけでもないのに」

冷蔵庫にあるもので、二人で適当に料理をしていると、前触れなく、鍵が開き、ドアが開いた。

「あれ？　まじ？」

一俊は不思議そうな表情で、千歳と枝里の顔を交互に見た。千歳のほうも驚いた。

「今日も遅いかと思ったのに」

「邪魔だったわけ？」

「すねないでよ」

枝里が笑った。三人でビールを飲んで、たわいのない世間話をした。一俊が枝里を送って行き、三十分ほどして帰ってきた。

そのときも夏で、開け放した窓からは蟬《せみ》の声が聞こえていた。小学校五年生だった枝里の部屋は窓のすぐ外に欅が何本も生い茂っているから蟬はうるさいほどで、日野勝男の部屋で聞こえるその鳴き声は遠くで鳴る波や風みたいだと思った。

枝里の兄、直人は、さっさと上がり込んで、持ってきたコンピューターゲームをテレビに繫《つな》いだ。テレビは古い型で、画面も小さかった。めずらしいものを眺めるように、枝里はその湾曲した画面に映し出される単純な色の空やグラウンドや二頭身の野球選手を目で追った。急に、玄関が開いた。

「誰だよ」

ぶっきらぼうな勝男の声に、枝里は少し身を固くしたが、一俊は、

「おじいちゃん、おかえりー」

コントローラーを握って画面を見たまま、のんきな声を返した。

部屋に入ってきた勝男は、初めて見る子供たちの顔を無遠慮にじっと見た。

「おじゃましてます。中村です」

答えたのは、枝里だった。

「お、女の子じゃねーか。カノジョ？」

勝男が振り返って玄関のほうに声をかけた。

「おーい、先客がいたよ」

「邪魔するよ」

勝男のうしろから入ってきたのは、頭がきれいに禿《は》げ上がった体格のいい老人だった。

ヤマさん、と勝男に呼ばれていた。

「カズも入れて麻雀しようかと思ってたのに」

「いっしょにゲームする？」

枝里は、自分の家には訪ねてくる人はまずいなかったので、急な来訪者を興味深く見た。父親は仕事で毎日遅く、休日も出勤やつきあいだと出かけることが多かった。母親も、近所の人や同級生の母親と顔を合わせれば挨拶はするが、ほかの人たちのように井戸端会議などすることはなかった。

「なんだよ、ホエールズ、負けてんのか」

「おれに代われよ」

「おじさん、操作わかるのー」

「そのぽちぽちしたの押せばいいんだろ」

ヤマさんが、一俊のコントローラーに手を伸ばした。

「そのまえに、あの子の番だから」

一俊が、枝里を指した。枝里は、なぜだかとても驚いて、一俊を見た。わたしの番なのに、と思っていたから。

「そっか。じゃ、おじさんと対戦するか」

ヤマさんは、笑うと人がよさそうだった。

「いいよ」

枝里は頷いたが、ちょっとコントローラーを触っただけでヤマさんはあきらめ、結局枝里と一俊の対戦となった。子供たちの野球ゲームを、老人二人はあれこれいいながら観戦していたが二イニングほどで飽きてしまい、窓際でビールを飲み始めた。コントローラーを操作する枝里の耳に、彼らの会話がところどころ入ってきた。

「おれもそういやしばらく会ってねえなあ」

「もう、二十年ぐらい経つんじゃねえか」

二十年。枝里にとってそれは、今まで生きてきた年数の倍近かった。二十歳だの成人式だのという言葉は、遠すぎて実感のないものだった。それなのに、しばらく、という言葉で表されていることを、奇妙に思った。

勝男の顔にも、もう一人の顔にも深い皺が刻まれていた。両親よりもだいぶ年上なのはわかるが、祖父母よりは若く見えた。おじいちゃんはみんなおじいちゃんだと思っていたが、その中にもいろんな年齢があるのかもしれない、と枝里はそのとき初めて気づいた。

枝里が操作した選手が、ホームランを打った。コンピューターで合成された拍手と歓声が規則正しく流れた。

「へえー、あんた、うまいんだな」

勝男は素直に感心した声を出した。枝里は、うれしかった。

四〇二号室、川井さんの部屋のエアコンは相変わらず作動していなかった。少し離れた場所で扇風機が弱で回っているし、開け放った窓からなんとか風が入ってくるものの、湿気を含んだ熱気がじっとりと体にまとわりついてくる。千歳はしきりにTシャツの胸元を前後させて風を入れたが、川井さんは気にもならないという様子で、麦茶を運んできた。

仏壇の前には、白百合のアレンジメントがおかれていた。昨日、川井さんの娘夫婦が一年ぶりに訪れたのだった。

「ほんとにね、娘だからわたしの育て方が悪いって言われたらどうしようもないんだけど、なんであんな言い方するかねえ」

川井さんは、娘夫婦に、そろそろどこかの施設に入る準備をしたほうがいいと言われたらしかった。川井さんは勝男よりは若いが、以前腎臓を悪くしたことがあり、四階の階段を上り下りしての一人暮らしを心配しての提案だったが、その選択肢はまったく考えていない川井さんに対して、娘は、お母さんは人の話を聞かない、勝手だ、と口論になった。

「まあ、いろいろ、むずかしいですよねえ。実の親子だと」

「わたしだって、娘の気持ちはありがたく思ってるわよ。だけど、こんなところで怪我したり火事出して人さまに迷惑かけたりしたらどうするの、なんて頭ごなしに言われたら」

回覧板のついでに桃を持って、千歳は川井さん宅に来ていた。先日、初めて四〇二号を訪問して以来、千歳と川井さんは顔を合わせれば会話を交わすようになっていた。

仏壇の上に飾られている遺影のうち二枚はとても古そうで、小さな写真を無理やり引き延ばしたのかぼんやりとして顔もよくわからない。いちばん右の、青い背景で戸惑ったような表情の男性が、川井さんの夫だ。白髪をきっちりと分け、真面目そうな印象。亡くなってもう十年以上になるそうだ。

仏壇からは、さっき千歳が立てた線香の煙が細く漂っている。懐かしいにおいだ、と思ってから、千歳は不思議になる。自分の家には、仏壇がなかったからだ。

千歳が子供の頃に住んでいた、この部屋と左右対称なだけで間取りも広さもそっくりな部屋には、仏壇は置かれていなかった。千歳の父も母ももともと親戚の数も少なければ法事などの行事もめったになかった。近所の同級生の家に行って、数えたことはないが、おそらく半分近い家には、狭い部屋の中に黒塗りの立派な仏壇があって、ときには友人の祖母か誰かがお経を上げたりままごとのごはんみたいなものを用意していたりした。祖父母が健在だとか長男だとか、あるいは宗教の違いか、それぞれに事情はあったのだろうが、そのころの千歳にはよくわかっていなかったので、友人たちと絵を描いたりゲームをしたりしながら横目でちらちらと見やり、ものめずらしいもののようにも感じていたし、これがない自分の家はなにかが足りないのではないかと思うこともあった。

祖父母の家には、仏壇があった。母方の祖母は信心深い人で、家を訪れた時には必ずお経を上げている姿を見た。いつもろうそく型の電球が灯っていた。しかし祖父母の家の記憶をたどると、線香の香りよりも、煙草のにおいを思い出す。その遠い記憶の中のにおいは、日野勝男が四十年以上にわたって吸った煙草の煙が染み込んだ四〇一号室でときどき感じることがある。四〇一号室には仏壇はない。高校の制服を着た圭子のうしろに勝男と花江が並んだ白黒の記念写真が小さな写真立てに入ってテレビの横に置いてあるだけだ。

「亡くなられたご主人は、勝男さんと麻雀したりされてたんですよね」

尋問みたい、と言いながら千歳は思う。へたなサスペンスドラマのセリフのようだ。だが川井さんは気にかけない様子で、

「たまにね」

と返した。千歳が持ってきた桃は、仏壇に供えられている。桃、好きだったかしら、どうだったか、と独り言のように言いながら、川井さんは並べていた。

「ほかのご近所の方なんかといっしょに？」

千歳は、尋問のセリフを続ける。川井さんは、久しぶりに話し相手ができたので、多少不自然でもいいと思っているのかもしれなかった。

「そうねえ、五〇四に住んでた佐々木さんとか、二十三号棟の奥村さんとか、いたかしら。佐々木さんは亡くなって、奥村さんはこのあいだ奥さんに会ったら入院してるって」

先日、団地内で見かけた救急車を、千歳は不意に思い出す。気になってしばらく様子を見ていたが、うしろの扉が開いたままで当分動きがなかったので、その場を離れた。階段で五階だと搬送するのも大変そうだ。そういえば、勝男が階段で骨折したときは、だれか近所の人が助けてくれたのだろうか。

「前にもちらっとうかがったかもなんですけど、勝男さんが連絡先がわからなくなった人がいるっていうのがあって、高橋さんっていう人なんですけど」

「さあ、誰と会ってたかいちいち把握してたわけじゃないからねえ。将棋やったり、キャッチボールやったりする人もいたけど。あんまり外の店に飲みに行くような感じじゃなかったわね。将棋か、麻雀」

千歳が子供の頃も、近所の家で父親たちが麻雀をしていたな、と誰の部屋だかわからない光景が浮かぶ。お正月などもこたつの天板を裏返して緑色の布地の面が現れて。この団地にいると忘れていたことが次々に思い出される。思い出すまでは消えてしまって、つまり存在しないことになっていたのに、思い出した途端にどこかに隠れていただけでなくなったわけではなかったのだ、と驚く。こうして思い出さなければそのまま消えてしまった、というそのことに。

「麻雀、人数足りないと、一俊さんが入ってたって」

他人に対して夫をなんと呼べばいいのか、千歳はまだ戸惑っていた。夫の子供の頃を知っている川井さんに対して、「永尾」では変だろうし、「うちの主人が」という呼び方には馴染めないし、ということで一俊さんを選択した。一俊本人には、わからなすぎたのでどう呼べばいいか聞いた。一俊、と一日練習したら慣れた。

「ああ、お宅のねえ、ここで暮らしてた頃あったものねえ」

「一俊さん」と呼んだことが正解だったのかどうか、川井さんの反応からは判断ができなかった。川井さんは、こめかみを流れる汗をそのままにして、玄関のほうを振り返った。そのドアの向こうには、四〇一号室、今千歳と一俊が住んでいる部屋がある。

「あのころ、大変だったんでしょ、圭子ちゃん」

圭子ちゃん、という響きに、千歳は一俊の母の若いころの顔を想像した。

「そうみたいですね」

「器量も気立てもいいのにね、圭子ちゃん。いや、そういう子が意外に苦労するのよ、ってこのあたりの人と話したりなんかして」

東京で一人で暮らした時間が十年以上になる千歳には、いかにも近所の人たちが噂話で言っていそうなあけすけな言葉が、懐かしいものに思えた。東京に移ってからこれまで住んできたアパートでは、近所づきあいはほとんどなく、隣の人がなんの仕事をしているのか、その家族がどんな人かなんて、聞こえてくることも考えることもなかった。

窓の外、向かいの棟のベランダに人影が見える。一人は洗濯物を取り入れ、一人は植木に水をやっている。手すりに取り付けた台に載った植木鉢は、不安定に思えた。

「でもよかったわね。こうしてカズくんも、いいお嫁さんが来てくれて」

「いえ、わたしのほうこそ」

一俊の結婚が二度目であることを川井さんが知っているのかどうかわからないが、どちらにしても、千歳はその言葉を素直に受け取りたかったし、「高橋さん」のことは置いといて、近所の誰かとこうして話をするのは心を落ち着かせる体験だと、そのとき急に思った。

「ここにずっとお住まいになるの？」

「しばらくは。勝男さんが帰ってくるまでの留守番です」

「いいところよ、ここは」

川井さんは立ち上がり、ベランダの窓際に行って外を眺めた。

「桜の季節なんて、ほんとうにすごいんだから。それまでに日野さんが戻ってくるといいわね」

「そうですね。楽しみにしてます」


四〇二号室を出ても、まだ夕方の光が十分に残っていた。千歳は、低層棟の間を抜け、山の前の坂を下り、広場を通って高層棟に向かって歩いた。油蟬の声が、鬱蒼と茂った梢の奥から降り注いでいた。

先日見かけた「高橋さん」が勝男に聞いた「高橋征彦」である可能性は高いように、千歳には思えた。正解に違いない、と確信していた。

昨日、圭子の家に電話をして、勝男に話してみた。目撃した「高橋さん」の情報を伝えると、勝男は、そいつで間違いないと思うから部屋を訪ねて行ってみろ、日野勝男っていえばわかるはずだ、と、電話だと聞き取りにくい勝男の声は指示した。

そう言われてもなあ、と千歳はだんだん近づいてくる巨大な壁のような高層棟を見上げて思う。だいたい、勝男さんが「高橋征彦」の連絡先を書いておくか覚えておくかしてくれたらそれですぐに解決する話なのに。

とりあえず、集合ポストを見に行った。「高橋」という名前は、確かにある。しかし、シンプルにその二文字しか書いていない。長く住んでいるはずだが、その名札は新しい。最近作り直したのかもしれない。

夕方なので、買い物から帰ってきた人たちがときどき通った。偶然ちらっと郵便物がはみ出たりしないだろうかと、見るがそんなはずもない。エレベーターに向かった途端、千歳の体になにかが思いっきりぶつかった。

「あっ」

思わず頓狂《とんきょう》な声を上げてしまってから見ると、ぶつかった相手は、あのピンクのスウェットパーカの少女だった。今日は、Tシャツだが、やはりピンクだ。濃い、赤に近いピンク。少女は、千歳の顔を直視した。

「おばさんも、暇なの？」

「……わたしは、人を探していて」

少女は千歳を上目遣いに見た。険はあったが、にらむというほどでもなかった。じっと見据えたあと、少女はなにも言わずに向きを変え、エレベーターへと歩いていった。

千歳は、その後ろ姿をただ見送った。


木曜日、「カトレア」に、中村枝里と元手芸部で団地に住んでいる同級生、山田由未《やまだゆみ》がやってきた。由未は、勤め先が横浜になり、団地を出るのだと、告げた。

「えー、由未ちゃんもとうとうかー。さびしくなっちゃうよ」

由未は、「カトレア」にちょくちょく来ていたらしく、あゆみは大げさなほどさびしいと繰り返した。枝里のほうは、どこに住むのかとか仕事はどうなのかとか、淡々と聞いている感じだった。以前から予想していたことなのかもしれなかった。赤ワインを半分ほどあけて、ちょっと舌が回らなくなってきた由未が、千歳に聞いた。

「千歳さんたちは、まだしばらくお留守番ですか」

「そうですね。勝男さん、おじいちゃんがどうしてもあの部屋に戻りたいって言ってて。空けとくよりも、二人であの部屋で暮らして待ってるほうが、早く帰ってきてくれるような気がするんですよね」

「部屋って留守にしとくと、人の気配が急速に薄れちゃいますもんね」

枝里がトイレに立ったあいだに、由未が千歳に言った。

「枝里は、勉強もできておしゃれで、気もつくし、ほんとにいい子なんですよ」

由未は、枝里のいない椅子を見つめていた。

「だから、ちょっと、心配なんです」


「喫茶　カトレア」では、そろそろ今日の店じまいに向けて、店主の夫婦が算段し始めていた。

客は、あと一人きりだった。窓際のテーブル席で、女が男を待っていた。かれこれもう四時間以上、座っていた。そして、壁の時計も、自分の腕時計も、しょっちゅう確認していた。テーブルの下に大きな鞄《かばん》も置いている。なにかわけありなのだろう、と夫婦はときどき目配せをしあったが、声はかけなかった。

閉店時間は、八時だった。昨年からの節電で、一時間早めていた。一時はかなり暗かった繁華街のネオンもかなり戻ってきたが、夜の風景はまだ少し寂しかった。

突然、ばばばばば、と改造バイクの轟音《ごうおん》が窓ガラスを震わせた。音は、たちまち増えた。ヘッドライトが、窓の外で光り、次々と移動していく。黒い旗が翻《ひるがえ》るのが、一瞬見えた。

「まったく、うるさいったらありゃしない」

「喫茶　カトレア」を営む夫婦の妻のほうが、音に負けないようにほとんど怒鳴るように言った。このあたりを拠点にしている暴走族グループがあるのだが、二、三台がゲリラ的に通り過ぎたのだった。改造したエンジンの周囲の空気も建物も切り裂いていくような爆音は、重なり合いながら遠ざかっていった。

見えるわけではないが、周囲の建物にいる人たちもざわついている気配を、一人で座っている女はなんとなく感じた。コーヒーカップは三杯目もとっくに空になっていて、水のお代わりもすでに気兼ねする状態だった。

店主の夫のほうが、ドアを開けて通りを確認した。外の空気が流れ込み、遠くからのパトカーのサイレンが混じった。

「山本さんとこの子も、最近入っちゃったらしいよ」

「かわいらしい顔してんのになあ。人さまに迷惑かけて、なにが楽しいんだか」

「うちの店でたむろされたらたまったもんじゃないわね」

「追い出すわけにもいかねえもんな」

いったん遠ざかっていた音が、また近づいてきた。エンジンの音は、急に止んだり、そしてまた唐突に爆弾のように鳴り響く。叫び声も聞こえた。

女は、壁に掛かった時計を見た。もうすぐ閉店時刻だ。この店が閉まったら、どこへ行こう。いっそ新宿まで出ようか。あてがあるわけではない。夜になって、電車が終わる時間になったら、わたしはどうすればいいのだろう。とにかくもう、あきらめて、別のことを考えなければ。

時計の針は、八時を五分過ぎた。夫婦は顔を見合わせた。もう台所の中はほとんど片付いていた。

「育代《いくよ》」

声とドアが開く音が同時にして、女が顔を上げると、息を切らした男が立っていた。

「よかった、まだ帰ってなくて」

しばらく茫然としていた女は、立ち上がって、男をじっと見つめた。それから、平手で男の頰を打った。男は泣き出した。女も、泣いた。

6

仕事を終えて家に向かう千歳とは反対に、まだ明るい道を駅に向かって大勢の人が歩いていく。その中に、浴衣《ゆかた》の若い女の子を見かけた。花火大会があるらしい。

東京に来てから花火を見に出かけたことはない。どこでどんな規模の花火大会があるのかも、よくわからない。千歳は、東京に移ってきたのが二十代の後半だったせいもあり、季節の行事や遠出して遊びに行く場所のイメージがつかめないままでいる。いまだに、花火大会と聞くと、隅田川や多摩川ではなくＰＬや淀川を思い浮かべてしまうし、海といえば湘南ではなく須磨だ。交差点を二人、浴衣の女の子が連れ立って歩いていく。花模様が描かれたピンクと黄色を見ていると、目の奥が痛くなった。

団地に着くまでに、汗でシャツが背中に張りついた。熱中症や最高気温といった言葉が、ニュース番組のトップで連日伝えられていた。アスファルトからはまだまだ熱気が立ち上ってくるし、空気は息苦しいほど蒸し暑い。花火大会なんて人混みに行ったらそれこそ熱中症になるかも、と思いつつ、千歳は東京に来てから初めて、花火大会に行ってみたい気持ちが湧いた。それはやはり一俊といっしょに、ということだろう、と考えながら、残った体力を振り絞って四階までの階段を上った。

Tシャツに着替えてベランダに出ると、やっと少し風が出てきていた。洗濯物を取り入れる。今朝は、一俊が干した。家事は全般に、時間があるほう、得意なほうがやる、というような大まかな取り決めで、洗濯物を干すのは千歳と一俊で三対一というところだ。

一俊は、Tシャツを逆さに向けて裾《すそ》をちょっと折ってハンガーに掛ける。下向きに干したほうが襟が長持ちする、とずいぶん前にテレビ番組で見たのをずっと守っているのだそうだ。靴下は、一ペアずつ、一つの洗濯ばさみに留めてある。向きも揃えて、口ゴムの内側を留め、ちょっと開いて風通しがいいようにしてある。洗濯物の干し方って、人によってバリエーションがあるなあ、と千歳は太陽の熱を含んだ衣類やタオルを部屋に投げ入れながら思う。誰だったか、夫の母親と同居することになって洗濯物の干し方や食器の片付け方のちょっとした違いでかなりストレスが溜まると言っていたのを思い出した。

千歳は、ベランダから頭を出して見回してみたが、深い青色に変わり始めた空にはもちろん花火は見えなかったし、音が聞こえてくることもなかった。子供の頃に住んでいた市営住宅では、夏になると近所のヤンキーたちが打ち上げるロケット花火の音が響いていたが、今どきはもう流行《はや》らないのだろう。

一俊が帰宅したのは、午後十時前だった。千歳は八時頃に夕食を食べていたが、一俊が食べ始めると小腹が空《す》いてきたように感じ、鍋に残っていた筑前煮をつまみに発泡酒を飲んだ。ここでの暮らしが始まってから、千歳は少々太った。体重計がないので正確なところはわからないが、体感としては二キロほど。先に少しつまんだり、一俊が帰ってきて食事するときにまた食べたり、それが習慣になってしまった。結婚して家庭での料理がおいしいから太ってしまった人に「幸せ太り」などと言うが、自分のつまみ食い太りもその範《はん》疇《ちゅう》に含まれるのだろうか。「太り」は間違いないが、「幸せ」の部分がしっくりこない。幸せでないという感じはしないが、新婚の浮かれた感じとは無縁だ。一俊に聞いてみようか、と思ったが、「幸せ」という普段の会話ではあまり使わない言葉を口に出すのがなんとなくはばかられ、その代わりに、言った。

「一俊って、几帳面なとこあるな」

二本目の発泡酒の缶を開けかけていた一俊は、名前を呼ばれて振り返った猫か犬のような、特に意味のない顔を千歳に向けた。

「洗濯物、タオルは端を合わせてあるし、靴下もいつもペアで揃えて干してあるやろ」

千歳がベランダのほうを指しながら言うと、今はなにも干されていないそこへ、一俊はガラス越しに目をやった。

「ああ、じいちゃんに言われたんだ。ばらばらになったら、さびしいだろって」

「靴下が？」

「靴下なのか、見てる自分がなのか、よくわかんないけど」

小学四年生からしばらくこの部屋に祖父の勝男と住んでいたころ、一俊は洗濯や食器の後片付け、買い物など、よく家事を手伝った。世話になるのだから手伝いなさいと父母から言われていたし、自分の仕事をする、役割を果たすという感覚は案外心地よかった。遠足のときは、自分で弁当を作った。母親の弁当に文句をつけている同級生を幼く感じ、優越感に浸りながら自分の好きなレトルトのミートボールを食べたと、以前に千歳に話したことがある。

「食器なんかも割れて一つだけ残ると、なんだか落ち込んでた」

「へえー。勝男さんは細かいことは気にしない、さっぱりしたタイプに思ってた」

千歳は、先週電話で話した勝男の声を思い出した。あまりに暑いので昼間は家にこもりがちになり、退屈だとぼやいていた。

「じいちゃんは、家族がみんな死んじゃったから」

唐突な話に、千歳は一俊の顔を見た。

「戦争中にお父さんは事故で、兄弟は病気で死んでしまって、お母さんも終戦後しばらくして死んだって。あんまり話さないから、詳しくは知らないけど。そういうのもあるんじゃないかなあ」

「終戦のころって、勝男さんは……、十五歳？」

「引き算したらそうなるね」

「苦労してはるんやね」

「だろうねえ。それに、母さんの上にも一人子供がいたらしいんだけど、生まれてすぐに死んじゃったみたい」

「そうなんや」

「そうなんや」

一俊は千歳の言葉をなぞって返したあとは、続けなかった。一俊もあまり話したくないのではないか、と、千歳は思った。

二人とも手が空いているときは、食後の片付けは千歳が食器を洗い、一俊が拭くのとしまうのを担当するように、なんとなくなった。これも勝男さんとの生活の名残りなのかな、と千歳は思う。

友人たちの話を聞いている限り、一俊は家事をするほうだ。いっしょに暮らしてまだ三か月だが、言い争ったこともなければ、不満を感じたこともない。一度目の結婚はなんで離婚したんやろ、と千歳はときどき思う。見当がつかないのでかえってあれこれ想像してしまう。一俊の会話や態度が物足りないとか、はっきりしない、というようなことはあるかもしれない。もっと長く暮らして、たとえば家を買うだとか大きな決断が必要なときにどっちでもいいよなんて言われて、それまで積もっていた不満が噴出したとか。

「千歳さんって田舎はあるんだっけ。大阪の実家じゃなくて」

一俊の質問で、千歳の詮《せん》ない思案は断ち切られた。同じような質問に前にも答えたことがあるはずだが、と思いつつ、千歳が父の郷里の地名だけを答えた。一俊はぴんとこない様子だったので、愛媛の瀬戸内海に面した町で、祖父母の家は山の斜面にあって海が見えて、蜜柑《みかん》の木があって、と説明すると、ふーんとか、へえーとか、自分が聞いた割には薄い反応を、いつもの調子で返した。

千歳はついでに、一度しか行ったことがない、母が子供のころに住んでいた和歌山の町のことも話した。そこも山の中腹から海が見えて、蜜柑の木があって、似てると言えば似たところかな。

「おれも、一回行ってみたいな」

少々意外な反応、と千歳は思った。

「行っても親戚も誰もいてないからなあ。観光って感じのとこでもないし」

父母ももう何年もその町を訪れていないだろう。ここそっくりな市営住宅ではなく、今は北摂《ほくせつ》の新興住宅地にあるマンションで暮らしている父母と妹は、ここに引っ越す直前に一度だけ、一俊と会った。家ではなく、梅田の駅に近いホテルのレストランで食事をした。そのあと実家には寄らず、千歳は一俊といっしょに新幹線で東京に戻った。

「橋が架かって、広島から島伝いに自転車でも行けるようになったらしい」

「いいじゃん、それ」

と一俊は言ったが、具体的に旅行の計画をする気配はなかった。

千歳が風呂から上がると、一俊は眠っていた。上半身だけ敷き布団に載せ、右手でスマートフォンを握ったままだった。千歳が脚を持ち上げると、うー、と唸ったが起きなかった。脚を布団に乗せて、タオルケットを掛けてやった。毎日顔を合わせているが、こうして眠って意識のない顔、他人に見せるためではない顔を見ていると、ふと、この人は誰なんやろ、と思うことがあった。あとどれくらい顔を見続ければ、家族という感じになるのか。そんなことさえも考えないほど、慣れるときが来るのだろうか。もしかしたら、十年暮らしても、慣れないのかもしれない。だって元々知らない人やったし、と思いながら暗闇の中の天井を眺めていると眠気がやってきた。眠りに落ちる直前に、一俊に花火大会のことを聞くのを忘れた、と思い出した。

朝、千歳が出勤する時間にはすでに暑かった。歩き始めてすぐに、湿気が息苦しく感じるほどだった。散歩や体操をする老人たちの姿も、このところほぼ見かけない。もっと早朝に行動しているのだろう。千歳は、朝の山で集っていた人たちの姿、そのうちの一人が「高橋さーん」と呼んだ声を思い出した。

「高橋さん」が勝男が探している高橋征彦なのか確かめる術《すべ》を思いつかないまま、二週間ほど過ぎた。何度か高層棟一階の集合ポストを眺めに行ったくらいで、朝、ごみ出しのついでに山周辺を歩いてみても、「高橋さん」を見かけることはなかった。

鬱蒼と茂った欅の梢から、高く長い声で鳴いて鳥が羽ばたいた。千歳は見上げてみるが、すでにその姿はとらえられなかった。新しい場所での暮らしには、すぐ慣れる。大きな通り沿いの歩道を職場へと歩きながら、千歳は思う。ここに越す前に七年も住んでいた場所での暮らしが、もう遠い感触に変わっている。慣れる、というのは、飽きることでもある。団地の周囲や駅までの道にあるお店もほぼ把握して、目新しさがなくなってしまった。外国で暮らしたことはないが、ある程度の規模の街なら二、三日で不自由を感じずに暮らせるだろう。以前の仕事で何度か訪れた中国の内陸部の街も、住んでみたらそんなにたいした変化はなかったのかもしれない。工場長の長女が日本向けの担当者で、彼女がもうすぐ結婚するという男といっしょに夕食を食べに連れて行ってくれた。彼女と友人になって、ずっと前からそこで暮らしていたみたいにすんなり馴染んでいたかもしれない。

職場に着いてみると、普段に比べて人が少なかった。親会社での会議や営業先に出かけている人が多く、千歳の近くにいたのは、経理担当の三島直美だけだった。

「今日は気楽ですね」

千歳の顔を見ると、三島直美は伸びをしながら言った。昼休みは打ち合わせコーナーでいっしょに昼食をとった。職場で千歳が主に会話をするのは、席も年齢も近い彼女だった。年齢が近いといっても高校生と中学生の子供がいるので、千歳とは日常生活のスケジュールや関心事もかなり違った。お弁当を作るのが面倒だから長男が早く卒業してほしいと言いながら、長男の好物であるピーマンの肉詰めが入った弁当を食べていた。千歳は出勤途中にコンビニで買ってきた冷やし中華だった。

食べ終わるころに、暑い暑いと大声で言いながら、背の高い男がフロアに入ってきた。名古屋営業所の須田広志《すだひろし》で、千歳は前に一度挨拶をしたことはあった。勤続十年の三島直美とは以前同じ部署だった時期もあったようで、異動した誰と誰が折り合いが悪い、誰は家を買った、と話し始めた。そのついでという感じで、千歳がこの会社から徒歩十五分の都営住宅に住んでいることを三島直美が話すと、須田広志はちょっと意外そうな表情をし、それから真顔になって言った。

「あの団地って、幽霊出るでしょ」

「そんな雰囲気、全然ないんですよねえ。実はちょっと、期待してたっていうか、なにかあるかなって思ったんですけど、近所の人からも全然聞かないんですよ」

「いやいやいや、おれ、実際見たんだって」

須田広志が入社して三年目のころだった。東南アジアの数か国に出張することになり、団地の東側にある病院に予防接種を受けに行った。日が落ちるのが急に早く感じられる秋の終わりのころで、病院を出るとあたりは薄暗くなり始めていた。バスで会社まで一度戻ろうと思い、坂を下った。小さく猫の鳴き声が聞こえ、見回すと石垣の上から黒猫が見下ろしていた。舌を鳴らしてみたが、猫は目を光らせてじっとしているだけだった。前に向き直ると、道の真ん中に子供が立っていた。それはとても唐突で、降って湧いた、という表現がぴったりに思えた。坊主頭で、半袖のシャツに半ズボンの十歳くらいの男の子だった。その季節にしてはずいぶん薄着だった。薄暗いとはいえ、顔の部分が特に暗くてよく見えない。そのことに気づいたとき、背筋に悪寒が走った。目を凝らすと、そのすぐうしろに女の子もいた。膝までのスカートから出ている脚は、とても痩せていた。薄闇の中で、彼らの目だけが光っていた。睨《にら》まれている、と須田広志は思った。

子供たちは、急に方向を変えて走りだした。坂道は緩くカーブしていて、その姿はすぐに石垣に隠れた。須田広志ははっと我に返って早足でカーブを曲がったが、子供の姿はなかった。現れたときと同じように、忽然と消えた。振り返ると、さっきの黒猫が石垣の上を歩いてきて、光る目をこちらに向けた。

「それだけ？　単に近所の子供じゃないの」

「違うって。あれは、絶対この世のものじゃなかったって。なんとなくわかるじゃん、そういうの」

「そうかなー」

あれこれ言っても三島直美が納得のいかない顔をしているので、須田広志は補強のためか別の話題を持ち出してきた。

「あとさー、十年くらい前に定年退職した大野《おおの》さんは、この近くで幽霊の店に入ったことがあるって。この話は有名だよ？　知らない？」

有名、という表現に三島直美と千歳は顔を見合わせて笑った。

定年後にしばらく嘱託で営業部に残っていた大野は、つまみは塩でいいというほどの酒飲みだった。それは、須田が入社する数年前の真夏のことだったという。大野がよく飲みに行っていた会社の周辺から新宿にかけての一帯は再開発が進み、間口の狭い木造の二階建てがひしめいていた路地も、次々となくなっていった。ついこのあいだ飲みに行った店を訪れてみると、一帯が工事用のボードで囲まれていたりすっかり空き地になっていたりした。

それでも、ひっそりと残っている路地を見つけるのが楽しみだった。その日も、線路と平行に新宿のほうへ歩いていく途中、新しく建ったばかりのビルの隙間に、四、五軒の木造二階建てが肩を寄せ合うように残っている一角を見つけて、路地に入っていった。突き当たりにある引き戸だけ、明かりが灯り、人の笑い声が漏れていた。戸を開けると、カウンターだけの狭い店だった。その奥から、店の雰囲気に比べてかなり若い女が、あら、お久しぶり、と声をかけてきた。いや、ここは初めてだ、と大野が言うと、女は、覚えてるわよ、お客さん、十年前に一度だけ来てくれたじゃない、わたし人の顔は忘れないの、と言う。酔っていて覚えていないのかもしれない、と大野は思い、入口そばの席について、カウンターにいたほかの男性客らとときどき会話しながら日本酒を三合飲んだ。

翌日の帰り、同じ場所を通ってみた。路地は、あった。店の看板もあった。ただし、引き戸は板を打ち付けて塞いであった。しばらくぼんやり立っていると、通りかかった老人が、その店は先月閉めたよ、と告げた。昨夜この店で飲んだ、と言うと、老人はいぶかしそうに大野を見つめたあと、女将さんが急に亡くなったから閉めたんだけど、店に立つのが好きな人だったからねえ、と言った。

「なんか、出来過ぎ。どっかで聞いたような話だよねえ」

呆れたように言う三島直美の横で、千歳も頷いた。

「なんだよ、人がせっかく教えてやったのに」

「頼んでないし」

「いい話だと思うけどなー。大野さんに、三回も聞かされたもん。でもさー、再開発ってずっとやってるよな。おれが東京に来てから二十年以上になるけど、新宿駅も、その周りも、ずーっと工事してるじゃない？　再開発の再ってなにに対しての〝再〟なんだろ」

その日の帰り、千歳はいつも通る道ではなく、細い路地の区画を遠回りしてみた。狭い道はどことなく薄暗く、古いアパートや、傷みの目立つ雑居ビルがひしめくように建っていた。昔の下宿の趣《おもむき》を残す木造アパートがあったが、須田が言ったような路地は見つからなかった。

中村枝里の母親が入院したことを千歳が聞いたのは、木曜日、「カトレア」に行ってすぐだった。「カトレア」はその夜、あゆみが学生のころにアルバイトしていた古着店の元店主夫婦が料理教室をするために、貸し切りだった。休みにしてもいいよ、とあゆみに言われたが、千歳は興味があったので出勤した。

会社の勤務を終えてからバスに乗り、六時半に「カトレア」に入ると、店内はいつもとは違う華やかさが満ちていた。

古着店、といっても、モデルやミュージシャンのお気に入りの店として雑誌にも度々紹介され、一時は横浜や神戸にも支店を出し、あゆみも海外への買い付け旅行に連れて行ってもらったことがあるそうだ。店主だった夫婦は、今は、千葉の南部で一日に二組だけ泊める宿を営んでいる。山の向こうにちらっとだけど海が見えてね、木にハンモックが吊してあって、と、あゆみは何度か訪れたことのあるその古民家からの風景を前の週に千歳に解説した。本も三冊出しているのだそうだ。料理のレシピ本と、写真とエッセイの本が二冊。

夫婦と、今日だけの受講者たちは八人。あゆみとも共通の知人だという同年代が多かったが、著書のファンだという二十代の女性もいた。真ん中に置いた大きなテーブルに集まり、賑やかにしゃべりながら、料理は順調にできあがりつつあった。

カウンターの中で、あゆみは抑えた声で千歳に枝里のことを話した。

「詳しくは言わなかったけど、よくない感じだった。なにか深刻な病気が見つかったみたいで」

千歳は、一度だけ見かけた枝里の母親の姿をまた思い出した。元々体調が悪そうだったのに、さらに別の病気ということだろうか。

「それが、なんでだか、ここでバイトできないかって言うんだよね」

「枝里さんが？」

「入院したら、自分の時間ができるから、って。お金がかかるのかもしれないけど、うちのバイト代なんてしれてるしねえ。まあ、そんなに具体的な話でもなかったから、言ってみただけかも」

あゆみが洗う食器がぶつかり合う音が、千歳の耳には妙に大きく響いた。

「あゆみちゃん、お皿出してもらえるー？」

「ビールもおかわり！」

夫妻から声がかかり、あゆみと千歳は会話を中断して彼らの作業を手伝った。千葉の家には石窯があるそうで、そこで焼いたパンもいくつも並んでいた。あゆみから聞いていた印象からは、最近流行りの野菜や玄米だけの料理かと千歳は思っていたが、肉もあったし、このあとはチョコレートケーキも作るらしかった。

　豚の塊肉が焼き上がるころ、ヤマケンが店に入ってきた。

「おおー、ほんとにエミリさんとリョウジさんじゃないっすか。えー、なんか、変わらないっつーか、変わったっつーか」

「どっちよ。タイミングいいときに顔出すのがヤマケンだねえ」

「いやー、何年ぶりっすかね。二十年ぐらい？」

　作るのと食べるのと飲むのが、同時に進行していった。

「エミリさんとリョウジさんが千葉の田舎にいっちゃうとはねえ。お店の何周年かのパーティーで女優やらモデルやらが来てて、おれなんか舞い上がっちゃったの思い出すなあ」

「あのころは、みんな浮かれてたね。世の中全体が、おかしくなってた」

　妻のほうが言うと、夫も肉を切り分けながら頷いた。あゆみもその会話に加わった。

「わたしも、とんでもない格好してたなあ」

「意外にあゆみもけばけばしい服着てたっけ。髪も巻いてたし」

「あれが普通だったんだって。わたしなんか地味だって言われたもん。千歳さんは、学生だった？」

「大学卒業のころにはかなり景気悪かったですけど、高校のときはまだそこまでもなくて、確かにバイトですごく稼いでる同級生もいましたね。バーゲンに学校さぼって並んだりして」

「おれはそういうやつら横目に、ひたすら働いてたよ。クリスマス時期にホテルで働くのとか、最悪だったなあ」

「なんだったんだろうねー、クリスマスだからってホテルだ、高級レストランだって」

ドアについているベルが鳴った。千歳が振り向くと、中村枝里が入ってきた。

「こんばんはぁ。今日は、ごはん食べられないのかな」

あゆみより先に、エミリが声をかけた。

「いっしょにどうぞ」

「どうもありがとうございまーす」

愛想のいい笑顔で返したものの、枝里は皆には交じらず、窓際に寄せてあった小さいテーブルの席に座った。千歳が取り分けた料理を運んでいくと、

「おいしそう」

と、言ったが、なんとなく社交辞令的な響きを千歳は感じた。

「枝里さん、バイトするんですか?」

「うん、できれば。先輩にいじめられたらどうしよう」

千歳は曖昧に相槌《あいづち》を打ちながら白ワインを枝里のグラスに注ぎ、ずいぶん間があいてからようやく反応した。

「えっ、いじめるって、わたしが?」

「気づくの遅いです」

そのあとしばらくは、あゆみが枝里の向かいに座って話し込んでいた。千歳は、空いた皿を片付けたり飲み物を出したりしながら、小さな店内の空間に反響する会話を聞いていた。

「あのころだって、浮かれた馬鹿騒ぎを見ながら、こんなことが続くはずがない、おかしいって思ってた人はたくさんいたよね。だからわたしたち、今の暮らしのほうがずっといい。自分たちのために時間を使ってるって思えるから」

「そうそう。身の丈に合ってるのがいちばんだよな。働いたあと、ビール飲んでうまいって思えりゃいい」

「おいしいものが食べられて、気の合う人とこうやっておしゃべりできればそれでいいですよね」

「今の若い子は、もしかしたら最初からそれに気づいてて、わたしたちなんかよりずっと賢いのかもね」

聞きながら、千歳の頭の中に浮かんでいたのは、見たことのない千葉の海と、中高生のころに見ていたテレビの、いわゆるトレンディドラマの場面だった。当時の東京、というと千歳にはテレビの中のイメージしかなかった。そこはテレビの向こうの、どこかにはあるかもしれないが自分とは別の世界のようになんとなく思っていて、だから行ってみたいとも思わなかったし、ましてや東京に住むなんて考えたこともなかった。現実とは別の場所だと思っていた街でもう十年以上も生活している自分は、現実ではないのかもしれない、とふと思った。この街に来てからの生活は、テレビに映っていた映像みたいに、電源をオフにしたら消えてしまうようななにかかもしれない、と。

枝里はあゆみと話し終わると帰って行ったので、あゆみと店を閉めてから千歳が団地へと戻ってきたのはちょうど日付が変わるころだった。中野夫妻にもらったパンとトマトの入ったポリ袋をぶらぶらさせながら、千歳は、高層棟の上のほうの階を見上げた。すぐ脇の歩道から見上げると、首の後ろが痛くなるほどの高さだった。左から五つめが、「高橋さん」の部屋だった。明かりがついているかどうかは、千歳のところからは見えなかった。

完成してまもない高層棟の最上階に、女は入居した。夫と四歳になる息子と、越してきて二か月が経っていた。

普段より時間をかけて掃除した部屋を、女は点検するように見回した。その五分後、待っていた来客がやってきた。母の友人だった。

「まあ、素敵なお部屋にしてるじゃない」

彼女の上品な声は、以前と変わっていなかった。白いシフォンのブラウスも濃い紫色のロングスカートもよく似合っており、さっと靴を揃えて部屋に入っていく軽やかな動きも若々しく、五十代半ばには見えなかった。

「お元気でしたか？　ご無沙汰してしまって」

紅茶を入れたカップをテーブルに並べながら、女は言った。

「そうよ、お子さんももう四歳なんですって？」

彼女は、箪笥の上に置かれた女の母の写真に目をやった。仏壇は兄の住む実家にあるので、この部屋では母の写真と花を箪笥の上に置いていた。写真は、家族で鎌倉に出かけたときのものだった。青い紫陽花《あじさい》の前で、母がほほえんでいる。

「早いわねえ、もう七年も経つなんて」

「ええ、ほんとうに」

「みっちゃんがいちばん賑やかだったから、さびしいわ。今でも」

しばらく母の思い出話や共通の知人の近況などを話し合ったあと、母の友人が持ってきたクッキーを開けてつまんだ。母の友人は、その夫が経営しているバーで雇っていた男がちょっとしたけんかで警察に捕まり、聞いていた身の上話が全部嘘だったとわかった、という話をした。表情をくるくると変え、身振り手振りを交えて快活に話す母の友人を見ていると、女は、母を思い出した。母もおしゃべりではあったが、感情をわかりやすく表に出すことは少なかった。たいてい、にこにこと、しかし少し困ったように笑っていた。

母の友人の話は、あちこちに転がり、いつのまにか、新宿に近い一角にあった洋食店を訪ねたらなくなっていたという先週のできごとになっていた。

「あのあたりもずいぶん変わったわねえ」

「そうですね、新しいビルも次々に建って」

「違うわよ、すごい格好したのがいるじゃない。裸みたいな女の子とか、オバケみたいな男とか。いまに始まったことじゃないけど」

「オバケ……」

女は、思わず吹き出した。

数年前に新宿駅西口の広場に大勢が集まっていたときも、あちこちで学生や若い人たちが歌を歌っていたり街角で急に演劇がはじまったりするのに遭遇したときも、女はいつもうしろのほうで眺めるだけだった。女の同級生の中には、劇団に入ったものやデモに参加したものもいて、女は誘われてついていったこともあったが、その波に乗り切れなかった。輪の中に入って熱狂するでもなく、別の同級生のように軽蔑して通り過ぎるわけでもなく、いちばんうしろでちらちらと様子を見ている、中学や高校の教室でも自分はそんなタイプで、これからもきっとそうなのだろうな、と思う。時間が経って、あの頃は楽しかったと皆が共通の話題で盛り上がっても、自分は曖昧に笑っているにちがいない、とも思う。そしてそんな益《やく》もない想像をする自分がばからしくなる。

「あなたのお母さんとね、あのあたりも通って、何時間もかけて歩いて帰ってきたことがあるのよ。戦争が終わる間際の頃に、何度も」

「え？」

とりとめもない考えに少しぼんやりしていた女は、母の友人の口から思わぬ言葉が出てきて、聞き返した。

「もっとも、戦争が終わる間際だなんてわたしたちにはわかっていなかったけど。いえ、どうかしら。ずっと続くと思っていたわけじゃないし、明日がどうなるかなんて考えもしなかっただけかもしれないわ」

女学校ではもう授業はなく、勤労動員で立川の工場へ通っていた、と彼女は言った。

「中野や荻窪で列車が止まってしまって、そこから歩くしかなかったの」

「荻窪から？　四谷までですか？」

「そう。なんだか遠足みたいで。楽しかった、って言うとおかしいかもしれないけど、みんなでおしゃべりしてたから、そんなに遠いって感じなかった。今から考えたら妙な時間だったけど」

　母の友人は、美しい横顔でベランダのほう、おそらくはそのずっと先にある思い出の中の場所を眺めていた。微笑《ほほえ》んだように見えた。

「母からは、若い頃の話は全然……」

　母が体調を崩して、長く生きられないと医者から知らされたあと、母ともっと話をしたいと思った。自分を産んだ頃のこと、父との出会い、もっと昔のことを聞きたいと思った。しかし、自らの行く末を薄々感じ取っている母に急にいろいろと聞き出すのは、時間に限りがあることを強調してしまうようで、結局いつもと同じような日々の話しかできなかった。

「母に、そんなことがあったなんて」

「楽しい話じゃないもの。話すのも、思い出すのも」

　母親の友人は、立ち上がってベランダに面した窓の前に立った。

「こんなに高いところから、毎日東京を眺めて暮らすのって、どんな感じかしら」

新宿の西側では、超高層ビルの工事が進んでいた。夕方になると黒いシルエットでくっきりと見えるその塊は、女がここに越してきてからのわずかの間にもみるみる伸びた。

「あんな大きなビルを見てると、ここからあそこまでの間に小さな家がびっしりひしめいているなんてこと、忘れちゃいそうね」

母の友人は、姿勢よくそこに立っていた。女も、その横に並んで外を見た。空は頼りない水色に霞《かす》み、空と地面の境はぼんやりとしていた。幼稚園に息子を迎えに行く時間が近づいていた。


千歳は、受注の締め日でいつもより一時間ほど遅く家に着いた。歩道から見上げると、四〇一号室には明かりがついていた。

一俊が先に帰っているなんてめずらしい、と少し軽い足取りで四階まで上り、インターホンを押してからドアを開けると、玄関に見覚えのない革靴があった。

「お客さん?」

声をかけながら部屋を覗くと、座卓を挟んで一俊と向かい合っている男がいた。

「どうも、おじゃましてます」

立ち上がった男は、すらりとバランスのいい体型だった。白いシャツは、きちんとアイロンがかかっていた。その顔を見て、男が名乗るより前に、千歳は彼が中村枝里の兄だとわかった。

7

「千歳さん、予想より背が高かった」

中村直人は、座卓の向かいから千歳を見てほほえんだ。座卓の上では、直人がデパ地下で買ってきた生春巻きやヤムウンセンがすでに残り少なくなっていた。千歳は、三人分のグラスに缶ビールをつぎ分けながら、中村直人の顔を見返した。全体にぼんやりした印象の一俊の顔と違って、パーツもくっきりしているし、眉や口がよく動いて感情を表現しやすそうだ、と思った。

「そんなに高くないです。百六十二」

「予想よりです」

「それはえーと、一俊くんの好みと違う的な」

一俊をなんと呼ぶか、千歳は名前を口に出すたびにまだ違和感があるが、その場に応じて呼び分けつつ引っかからずに言えるようにはなった。

「なにそれ」

隣に座る一俊が先に言い、直人は小さく声を上げて笑った。

「いえいえ、そんなじゃなくて。おれの勝手な想像です」

「つまりですね、聞いていたのと印象がちゃうと」

「その話し方も意外だなあ。大阪の人とは聞いてたけど」

一俊が、自分のいないところで自分のことを誰かに話していることのほうが、千歳には意外に感じられた。話さないと思っていたわけではないが、想像してみたことがなかった。最初に枝里に会ったときも、枝里は千歳のことを知っていたが、一俊から直接聞いたのだろうか。それとも直人か、手芸部仲間から聞いたのだろうか。

「ゆっくりしてってください、邪魔しませんから、なんやったらわたし、外に出てきますし」

「いえいえ、もう出るところだったんで。仕事なんですよ」

「今から？」

直人は二年前からベトナム勤務で、時差があるからこれから現地とオンラインで会議があるのだと説明した。昨日東京に着いて、飯田橋にある本社近くのホテルに泊まっている。母親が入院する病院には顔を出したが、実家には立ち寄らず、枝里にもまだ会っていないようだった。

「こんな都心に家があるのに」

「うちは狭いからね。おれのいる隙間なんてもうとっくにないし」

直人は、自分の使った皿やグラスを台所に下げ、座卓の上を拭いてから、帰って行った。

カーブした歩道を迷いなく歩いて行く直人の後ろ姿を、千歳は窓から見下ろした。姿勢がいいのは、枝里と同じだ。顔も似ている。だがなんとなく兄妹という感じがしない、と思った。別々に会ったからだろうか。

「なんか、わたしの印象、よくなかったんでは？」

「なに？　被害妄想？」

「うーん、そんなんやないけど、あんまり歓迎されてないような」

「中村は愛想よくないけど、意地の悪いとこはないよ」

一俊よりむしろ愛想はいいぐらいやけど、と千歳は言いかかったがうまく説明できそうにないのでやめた。枝里も人との距離が近いタイプではなくそっけないところがあるが、たいていの人にはしゃべりすぎてしまう千歳が話しかけづらい雰囲気を直人はまとっていた。一方で、すらりとした体型も仕事や自分に対する自信がうかがえる話し方も、異性にもてそうだとも思った。

「お母さんや枝里さんのこと、なんか聞いた？」

「まあね。大変みたい」

一俊はほぼ内容のない答えを返し、ビールを飲み干した。気になったが、千歳のほうも、枝里が「カトレア」でアルバイトをしたいと言っていたことは一俊に伝えていなかったので、根掘り葉掘り聞くのはやめにした。

そのあと一俊は、スマートフォンを見たりテレビのチャンネルを変えたり、どことなく落ち着かなかった。普段からよくしゃべるわけではない。それでもどこか上の空というか、話しかけても聞いていないような様子が、寝るまで続いた。


日曜の朝、千歳は一俊と当番が回ってきた一斉清掃に参加した。低層棟の場合、清掃当番は階段が単位になる。一つの階段に向き合う二部屋×一階から五階までの十軒。

遊歩道や自転車置き場、側溝を皆で掃除する。植え込みは、千歳の住む棟の場合、一階と二階の住人の手入れが行き届いているからなにもしなくてよかった。

一世帯から一人出ればいいので、二人で参加した千歳と一俊は、一階の野口《のぐち》さんに、

「仲がよろしいのねえ」

と言われた。野口さんや隣の川井さん含め、参加者のほとんどは、この団地の年齢構成を表すごとく六十代以上だった。何度か階段ですれ違ったことのある五階の外国人女性だけは千歳と同年代で、はじめて名前を聞いた。夫は日本人だが、彼女はタイから来て十五年になると、特徴のあるアクセントだが流ちょうな日本語で答えた。窓を開けているとたまに聞こえてくる耳慣れない言葉の響きを、千歳は思い出した。

三十代男性という貴重な戦力である一俊は、方々で声がかかり、自転車やブロックを移動させていた。川井さんや野口さんたちは、別の棟の人の通夜に行く話をしている。この団地の最古参組の人だったらしい。七十六歳で一人暮らしだったが、デイサービスに行っているときに倒れたから孤独死にならずにすんだのよ、よかったわねえ、一人で死ぬのは仕方ないけど早く見つかりさえすればねえ、そう、それが問題よ、見つけてもらえるかどうか、ここのホールじゃなくて葬儀会館で、何時からで、ついこないだスーパーで会ったのにねえ、七十六歳なんてまだ若いわよねえ、と彼女たちの会話を聞きながら、その通夜に行けば「高橋さん」もいるかもしれない、と千歳はふと考えた。川井さんたちと一緒にいれば話しかけることができるかも、でも亡くなった人のことは知らないし。それから、人が死んだのに自分の興味だけを優先していることに罪悪感を覚え、千歳はその考えを消し去るように箒《ほうき》を大きく動かした。

この巨大団地に対して噂されている怪談的な暗さを千歳は感じないが、活気がないのは確かだ。こうして一斉清掃中の今は、団地のあちらこちらから人の声が聞こえてきて、子供のころに住んでいた市営住宅のにぎやかさを思い出す。ほとんどの家に子供がいて、階段や道路いっぱいに蠟石《ろうせき》で落書きをしたり、自転車置き場の屋根に上って怒られたり、夜には不良少年がたむろしていたりして、高層階にまでその声が反響してどこにいても人の気配であふれていたあの感覚がよみがえってくる。しかし、普段は、ほんとうに静かだ。三千戸もある扉は閉ざされていて、七千人も住んでいるとは誰も信じないんじゃないかと思うほど人の姿は少ない。一つまた一つと撤去されて残り少なくなった公園の遊具に子供の姿はなく、たまにカラスがとまっている。

自転車に乗れば人がひしめく新宿まで十五分の距離なのに、高層棟と木々に囲まれたこの敷地の中にいると東京に住んでいることを忘れそうになる。

「自転車、買おうかな」

自転車を移動させるのを手伝いながら、千歳は一俊に言ってみた。そうすれば、「カトレア」にも通いやすい。大阪で暮らしていたころは、道路は明快で平坦だったからどこにでも自転車で行った。高校、友人の家、心斎橋、図書館、公園。東京に移ってからは、自転車を所有したことがない。道が複雑でよくわからないし、狭い道には人も車もあふれているから危なそうだし、なによりも、自転車に乗ってどこかに出かける気など起こらなかった。平日は勤め先と自宅を往復するだけで、休みの日もたまった家事や用事をかたづけるかたまに友人に会うくらいだった。

「自転車かあ。子供のころはここでも乗ってたなあ」

一俊にしても、残業や休日出勤の多い今の仕事では自転車で出かけようなどと考えることもなかった。二人兼用で一台買ってもいいかも、午後に見に行こうかという話になった。

清掃が終わって、千歳と一俊はついでに団地内を一周した。

「そういやおれ、小学生のとき自転車乗っててそこの坂で車にぶつかってさ、警察まで来ちゃって、あとで母さんにめちゃめちゃ怒られたよ。謝って回ったとかなんとか。あ、あそこの五階が中村んち」

一俊が指した高層棟は、欅の茂った斜面に面していた。横から眺めたので、千歳にはどの部屋かよくわからなかった。

「お母さんの世話も枝里さんが一人でなんでもやってるみたいやし、ちょっと心配。直人さんは家のことあんまり手伝わへんの？」

「中村もいろいろあったから」

「お母さんと何かあったとか？」

「なんていうか、いろいろ」

一俊や勝男から昔の地下トンネルにまつわる都市伝説じみた話は教えてもらったが、会社で須田に聞いたような怪談話は、ときどき話す隣の川井さんからも中村枝里や元手芸部の人たちからも聞いていない。木々が鬱蒼としているので薄暗い場所はあるが、全体に手入れが行き届いているのでおどろおどろしい雰囲気はない。

インターネットで検索すれば、ここに陸軍の施設があったことや土中から人骨が大量に出てきて人体実験の疑いもあったことや、その場所に建てられた感染症の病院にまつわる怪談話や都市伝説の類がいくつも出てくる。サイトの黒い画面や無人の風景の画像から受けるイメージは、この場所で実際に暮らしていると大なり小なり誇張されたものに感じられる。

確かに、標高四十四メートルの山のそばには、石造りの建物の一部が残っている。陸軍の音楽学校だったと知れば、それなりの感慨がある。古びた石の表面から、時間の経過を想像することもできる。しかしその石造りの建造物は今では教会と幼稚園の一部になっていて、幼稚園側には子供を乗せる椅子がついた自転車が並ぶ。立派な枝振りの桜から木漏れ日が差す斜面を、犬を連れた人が横切る。坂道をジャージを着た学生が走っていく。低層棟のベランダに花柄の布団が干してある。

それが今ここで千歳に見えるもののすべてで、いくら目を凝らしても軍服を着た人や幽霊は千歳には見えたりはしない。山の上から東京中が見渡せたという焼け野原も見えない。団地の巨大な建物が日差しを反射して白く光り、その向こうにはタワーマンションが建設中で、さらに先には新宿にひしめくように超高層ビルが立っている。

この巨大な街の全体が、七十年前には何度も空襲を受けて焼き尽くされたとは、歩いていても買い物をしていても電車に乗っていても、感じられなかった。そんなことは忘れてしまったように、はじめからなにごともなかったように、街は日々動いていた。

木曜日の夜、「カトレア」のカウンターで二杯目のビールを飲んでいる男性客は、今はコンピューターソフトの営業をしているが、最初に就職したのはマンション開発の会社だったと話した。

「いやー、それはすごかったよ。タクシーなんか、万札握った手を振って、それでもつかまらないんだから」

客は空気を握った手を大げさに振ってみせた。

「一枚じゃないよ、三枚だよ、三枚。今じゃ考えられねえよな。幻だったんじゃないかって思うね」

「わたし、二十代まで大阪に住んでたせいか、東京は今でも十分景気いいと思ってしまいますけどねえ。引っ越してきてすぐのころ、お客さん乗ってるタクシーばっかりやん、ってびっくりしましたもん。商店街もシャッター通りじゃないし」

「いやあ、それってリーマンショックとかのころ？　山一とか拓銀がつぶれたころ？　大阪もこないだ出張で行ったらものすごいビル建ってたし、ＵＳＪも人いっぱいなんでしょ」

「みたいですね。わたしは行ったことないですけど。ディズニーランドも」

「ええっ、ディズニーランド行ったことないの？　まじで？　そんな人いるの？」

「ここまで来たら行かへんままのほうが希少価値あるかなと」

「ないよ、なんの価値だよー」

二週間前に「カトレア」で料理教室をした夫妻に古着屋をやっていたころの話を聞いていたら、千歳にとって懐かしい名前が出てきた。千歳が中学生のころに読んでいたファッション雑誌のモデルだった。いちばん人気があったのは女優になって今もドラマに出ている別のモデルで、千歳が好きだった彼女はだんだん登場することがなくなってその後は名前も聞くこともないし、同世代でも覚えている人はほとんどいないから、妙にうれしかった。元古着屋夫妻も、今の消息は知らないらしかったが、彼女の話を聞いていると急に、当時の東京が実在の街として感じられた。自分が暮らしていた大阪から地続きの場所で、彼女が生活していたのだと思えた。テレビに出ていて誰もが知っている有名人ではないからこそ、芸能人の誰それの目撃談とは違うリアリティがあった。

そんな話がいくつも聞けたら、この街で暮らしていることの実感みたいなものが湧くかもしれない、と思って、カウンターに座ったお客さんで話しかけてくるタイプの人には、昔の東京のことを聞いてみることにしたのだった。

「カトレア」の客は、あゆみの同世代の五十歳前後が多かったから、若いころとなると二十五年くらい前の、景気がよかった時代のことが多かった。

「いいお店に連れてってもらったりはあったけど、わたしは高円寺の木造アパートに住んでてさ。気になってた同僚にタクシーで送ってもらったのに、かたくなに手前の道路で降りて。だって、築三十年で廊下に洗濯機置いてたんだから。今なら気にしないけど」

「どっちかっつーと醒《さ》めた目で見てたかなあ。いい年した大人が浮かれて大騒ぎして。こんな世の中が続くわけないって感じが、なんとなくしてた。おれは休みの日も、名画座に朝から晩までいるとかだったな」

「新入社員だったから、自分で接待費とか使えなかったしなあ。ドラマに出てくるみたいなモノトーンのワンルームマンションに住んでみたけど、手抜き工事で水漏れしてさー」

先週は、この店が八百屋だったことを知っている客がいた。当時は洋品店だった実家がマンションになり、その最上階に犬三匹と住んでいるという男だった。

「建物ばっかり増えて、人は減ったって感じがするね。東京の人口は増えてるはずだけど、この辺なんか昔はもっと通りに人がわーっといたよ。新宿なんかも、道路を渡りきれないぐらい人だらけで。電車のラッシュなんかも、今と比べものにならないくらいひどくてさあ」

ビールのグラスを持つ男の指は節くれ立って、爪はとても短かった。年齢を聞いてみると、千歳の母親と同じだった。昔のほうが人が多かったとは初めて聞いたので、もっと話したかったが、誰かから電話がかかってきて男は帰っていった。

自転車を買ったので、「カトレア」へ通うのはかなり楽になった。団地へ帰るのは坂を上らなければならず少々脚力が必要だったが、暗い道をさっと抜けられるのは助かった。真夜中近い団地は、夏で窓を開けている部屋があるせいかテレビの音声が複数聞こえてきた。明かりがついている窓も、意外なほど多かった。「高橋さん」の調査は進んでいない。会社と「カトレア」と行き来して以前のように平日昼間に団地にいないと、できることは限られる。行き詰まってるなあ、と階段を上りながら千歳はつぶやいた。

土曜日の午前中に、一俊の母、永尾圭子から電話があり、その二時間後には圭子は団地へやってきた。

一俊は、担当先のシステムの入れ替えで休日出勤していた。千歳は慌てて部屋を片付け、スーパーに買い物に行って、茄子と鶏肉のだしでそうめんにした。

「気を遣わなくても、そこらへんにお昼食べに行ってもよかったのに。うちと違ってここは近所に食べるところたくさんあるんだから」

と言いつつ、圭子はだしの味を褒《ほ》めながらそうめんをあっという間に食べた。千歳は、だしに醤油を入れすぎたのではないかと気になっていた。

「せっかく結婚したのに、つまらないんじゃない？　一俊は仕事ばっかりだし、愛想もないし。そのうえ新居は狭くて古い、おじいちゃんの部屋なんて」

「ここにいるあいだにお金貯めようって、一俊さんは言うてて」

「へえー、あの子もそんなこと言うのね」

「そんなというのは、どのような意味で……」

「一人前のっていうか、なんだか、そう、ちゃんと家庭を持った人みたいじゃない」

圭子は、そう言って笑った。自分の子供はいつまでも子供っぽく思えるのかな、と千歳は圭子の表情を見ながら思った。

一俊さんって前はなんで離婚したんですか、とつい聞きそうになる。芸能人の離婚の記事を読むのに近い、単純な興味だから聞いてみてもいいのでは、とも思う。しかし、やはり本人でなく親に聞くのは気が引ける。それに、結婚相手のことを野次馬的な興味で知りたいというのは、人として思いやりに欠けるのではないか。いや、正確には、思いやりに欠けると思われることが気になる。

「一俊さん、家事もやってくれますし、このあいだは新宿御苑に行ったりして楽しかったです」

一俊や二人の暮らしのいいところをもう少しちゃんと言いたいのに、と千歳はもどかしく思ったがほかに例を思いつかなかった。

圭子はふと真顔になった。

「わたしたちは、一俊と千歳さんが楽しく暮らしてくれればそれでいいって思っているの。孫の顔が見たいなんてせっつく人もいるみたいだけど、本人たちが幸せなことがなによりじゃない？　こんな古い狭い団地で暮らしているのも気が合うからかしら、なんてうちでは話してるんだけど」

「わたしが夕食に作ったものを一俊さんが買ってくることがあって、そのときは気が合うのかなって」

「それはむしろ間が悪いって言うんじゃない？」

「ですよね」

話しながら、千歳は、圭子が言ったことが気になっていた。孫の顔。自分の年齢からして一俊の両親がなにか思っているのではとは想像していたが、こうして言うのはやはり気になっていることの裏返しだろうか。結婚する前、一俊も同じようなことを言った。おれと千歳さんで楽しく暮らせたらそれでいいと思う、と。

「おじいちゃんね、入院してたのよ」

唐突な圭子の言葉に、千歳は一瞬、内容が理解できなかった。熱が続いて肺炎の疑いがあったのだと、圭子は説明した。検査もしたがほかに悪いところもなく四日ほどで退院したのだが、せっかく近所の散歩などもするようになっていた勝男は、少し元気がなくなってしまったらしい。

「うちに帰るまでは死なねえよ、なんて言ってはいるけど、ちょっと心配で」

「そうだったんですか」

圭子の家もしばらく訪れていないし、この二週間ほどは勝男と電話で話すこともなかった。

「でも、確かに長く暮らしてなじみがあるんだろうけど、なんでここにそんなにこだわってるのかしら」

圭子は、部屋を見回した。煙草の煙がしみこんだ天井と壁。箪笥の前には、千歳の洋服が入った布張りのボックスを置いてある。畳の上に敷いたカーペットには以前置かれていた家具の跡がついている。

「千歳さん、父となにか話してたでしょう」

圭子は、千歳の目をじっと見た。

「父は、母以外に、誰かいたんじゃないかって思ってたことがあったの」

「いや、ちゃいます、ちゃいます。不倫とかそういうのでは、ないです」

千歳は慌てて頭と手を振ったが、圭子は視線を逸《そ》らさなかった。

「すみません、わたしも詳しいことは教えてもらってないんです。ただ、昔好きだった人がいて……」

誰にも言うなよ、あんただけに教えるんだからな、勝男の声が千歳の頭の中で反響した。テレビの横に置かれた記念写真の中の花江を気にしながら、千歳は声を低くして続けた。

「この近くに住んでたそうで」

「母と暮らしたことじゃなくて、その人のことがここに帰りたい理由なの？　その人のほうが今では心に残ってるってことかしら」

「そういうことでは、なさそうな……、たぶん、若いころの思い出がきらきらしてる的な感じなんちゃうかなーと、わたしとしては推測をしていまして」

　確かに、妻だった人、一俊の祖母である花江のことは、少しも聞いていなかった。勝男が千歳に話したのは、その結婚前に好きだったという人のことだけだ。この場所で出会ったその人のこと。一俊とつきあい始めて一年も経っていない、勝男や圭子とも数えられるくらいしか会っていない自分が、家族の間に波風を立てるようなことをしないほうがいい。「高橋さん」のことも、詮索《せんさく》しないほうがいい。もしかしたら、そのことでこの親子の関係が悪くなってしまうかもしれないし、という考えが千歳の頭を占領し、言い訳する自分の言葉を後ろめたく感じた。圭子は、千歳の動揺を見抜いているかのように表情を変えずに黙っていた。

「えーっと、そうですね、近いうちに勝男さんのお見舞いに……」

「遠いし、一俊が休みのときにいっしょにいらっしゃい。あの子に言っておくから」

　圭子は食器を下げ、戻ってくると窓際に立った。

「わたしはここに何年住んでたのかなあ。中学から二十二歳までだから……」

外は急速に天気が崩れ始めていて、灰色の雲の下で欅が風に揺れていた。

団地の北側にある公園で圭子に声をかけてきた男は、予想通りすぐそばの大学の学生で、そしてほとんど授業には出ていなかった。

人の良さそうな笑い顔につられて、圭子は写真のモデルを引き受けた。公園でフィルム一本分撮影した一週間後に電話がかかってきて、小石川植物園に行った。男は植物の名前や生態をよく知っており、この植物園にある新種が発見されたときのエピソードなどを楽しげに話した。家族連れやカップルが多くいる休日の植物園で写真を撮られるのは、気が引けた。木陰で男が構図を決めるまで立っているあいだ、そばを歩く人の視線が気になった。しかし男はそんなことにはまったく無頓着で、圭子さん、とても美しいなあ、などと大きな声で言うのだった。さらにその次の週に、大学の近くの喫茶店で男に会い、写真を見せてもらった。モノクロの印画紙に焼き付けられた自分の姿を見て、圭子は、知らない人のようだと思った。男は、幸福そうに笑っていた。

八月の初めごろの猛暑がなにかの間違いだったかのように、お盆を過ぎると天気の悪い日が続いて気温が下がった。中村枝里は、「カトレア」でアルバイトを始めることはなく、千歳が「カトレア」にいるときに何度か夕食を食べに来た。

「完全看護、付き添いはいりません、なんて書いてるくせに、こっちがやらないといけないことがたくさんあって、毎日どころか一日に二往復する日もあるんだよ。今までも何回も入院してるからわかってたことだけどさ、今回は病院も病気も違うし、担当の看護師がこっちがちゃんと言わないとすぐ手を抜こうとするんだよ」

「えー、そんなことあるんや」

「母はなにも言わないから、なめられてるんだよね」

千歳は自分も入院したことがなかったし、世話をしなければならない家族の入院も経験がなかった。枝里の状況を実感できず、大変やねと繰り返す自分が歯がゆかった。

「入院慣れ、病院慣れなんかしたって、何の役にも立たないね」

枝里は軽く笑ったがその声に感情はこもっていなかった。枝里はたいてい、あゆみの得意の焼きうどんを頼み、白ワインを一杯飲んだ。

兄の直人は、千歳と会った翌日にはもう赴任先のベトナムへ帰って行き、その後ろくに連絡もないようだった。いろいろあったから、と一俊は言っていたが、千歳は枝里と先に親しくなったから、つい味方をして直人に不満を持ってしまう。もっとも、親しくなって、といっても枝里のほうが自分をどう思っているかはわからない。ただ、枝里は一俊を頼りにしている、とは思う。実際に手助けをしているということではないし、こんな言い方はおかしいのかもと思いながら、枝里は一俊になついていると感じる。その一俊に付属しているものとして自分にも近い距離で接してくれていると、千歳は理解していた。

テーブル席の四人グループは、近くにある医療機器販売会社の社員たちだった。すぐ辞めたり予想外の失敗をしたりした若い従業員のことを肴《さかな》にしてビールを飲んでいた。

「勘弁してほしいよなあ」

「仕事の準備もまったくしてこないし」

「ウチの部署の子なんか、彼女と約束があるからって帰るし、注意したら泣き出して」

笑い声が店内に反響する。彼らのほうを振り返った枝里は、千歳に言った。

「ほんとにそうなのかな。下の世代には何か言うってことになってて、揶揄する言葉ができたら使わないといけなくなって、そういう人がいるってことにしてるだけなんじゃないのかな」

夜でも蟬が鳴いている。

街灯の近く、茂った木々のどこかから、思い出したように鳴き声が始まり、みーんみーんとリズムを刻み、だんだん遅くなってふと途切れる。昼間と違って、たった一匹だけの声だ。坂の途中から自転車を押していた千歳は、立ち止まって木の葉が作る闇を見上げた。蟬は温度で鳴くのだったか、光で鳴くのだったか、誰かに聞いたけど忘れた。家に帰ったら検索してみよう。一俊は知っているだろうか。

方向を変えて歩き出そうとした瞬間、千歳は驚いて小さく声を上げてしまった。すぐ目の前に、少女が立っていた。白いTシャツが暗闇の中に浮かび上がり、長い髪がその胸元に垂れている。会社で須田広志に聞いた話が頭をよぎった。

「なに見てるの」

少女が言った。幽霊ではなく、今までに何度も遭遇したあの女の子だった。

「びっくりしたやん」

千歳は、自分を落ち着かせるようになるべく平坦な調子で言った。少女は、千歳の頭から足先まで往復するように眺めた。

「おばさん、あとつけてたのに気づかなすぎ」

「いつから？」

「先月」

「先月……」

そういえばこのところあの子を見てないな、と思ったことがあったが、夏休みだからと勝手に結論づけていた。つけられていたとは思いもしなかった。自分はずいぶん間抜けなようだ。千歳は、自転車の前かごに「カトレア」でもらってきたパウンドケーキが入っているのを思い出した。

「これ、持って帰る?」

千歳が差し出した透明のビニールの中身をじっと見つめてから、少女は首を振った。そして、

「わたし、ハンバーグ食べたい」

とはっきりした声が返ってきた。


団地に越してきて二か月ほど経ち、一俊は小学校を休む日が増えた。

昼間は、四〇一号室でテレビを見るか、教科書を勝手に読み進めたり、勝男がどこかからもらってきてくれた漫画を読んだりした。それから勝男に教えてもらった将棋を、一人

二役で対戦してみたが、何度やってもすぐに勝負がついてしまってつまらなかった。座る場所も移動して別の人間になったつもりで指すのに、なぜ誰かとやるようにはできないのか、不思議で仕方なかった。

勝男は、三か月ほど前から警備員のアルバイトをしていて、週に一度は夜勤で朝まで帰ってこない日があった。夜になって、一俊は炊飯器に残っているごはんと勝男が作って冷蔵庫に入れていた肉豆腐を食べた。また将棋を始めてすぐ終わってしまい、隣の家のおばさんがくれたカステラを食べ、ちゃんと風呂に入って布団も敷いたが、全然眠くならなかった。

外で、カラスの鳴き声がした。こんな夜でも起きているのか、と一俊は窓際に行ってみたが、暗闇に黒いカラスは見つけることができなかった。

一俊は、一度脱いだ服を再び着て、外へ出た。真夜中でも、夜の早い時間と同じように、蛍光灯がコンクリートの階段を白く照らしていた。怖いとは思わなかった。少し、寒かった。

8

ファミリーレストランの背もたれの高いソファに座って、少女はチーズハンバーグをあっという間に食べてしまった。

団地からバス通りに出たところにある店だが、千歳は初めて入った。日付が変わろうとする時間なのに、席はほとんど埋まっていた。学生が多いが、スーツを着た年配の男や派手な化粧の年齢がわかりにくい女もいる。千歳は落ち着きなく店内を見回していると、サラダバーでとってきたプチトマトをフォークで刺し損ね、テーブルの上に転がして慌てた。

「挙動不審」

少女が、千歳をたしなめるように言った。千歳は紙ナプキンでテーブルをぬぐいながら言い訳をした。

「いや、このチェーンて今まで身近になくて、入ったの初めてで、どんな感じかなって思ってたのやけど、わたしファミレスの類ってなんか好きで、このラミネート加工の大きいメニューとかね、それでここは、そうやね、期待してたほどは、今ひとつというか……」

「チーズにすればよかったのに」

少女はすぐに決めたのに、千歳は大判のメニューを行ったり来たりして散々迷った挙げ句に、初めての店だからと基本形のハンバーグにしたのだった。確かに、少女の皿に十分前まで載っていたとろけたチーズのほうがおいしそうだった。気を取り直すように、千歳は少女に話しかけた。

「もう二学期始まったんやんね」

最近見かけていなかったのは千歳が勤め始めたからかと思っていたが、夏休みで彼女も行動パターンが変化していたのかもしれない。そして、夏休みは先週終わった。

「勉強はできてる」

やはり、学校には行っていないようだ。

「出席日数とかは」

「全然行かないわけじゃないし」

少女は、ビニール製ソファの高い背に体を投げ出すようにもたれた。

「高校行ったとしてもどうせ先はないから」

高校までしか学費は出せないと父親に小学生のころから言われている、だから今以上に勉強したって仕方ない、と彼女は言った。千歳が名前を尋ねると、メイ、と名乗った。中学二年だった。学校は人間関係が面倒くさい。父親は毎日遅くて帰ってこない日もあり、一日千円程度の食費を渡されている。母親は三年前に中国に帰った後、戻ってこない。不法滞在だったから再入国できない、と父親は説明するが信用していない。

「忘れてるんじゃないかなあ、わたしのこと。メールとか電話はするけど」

「そうかー。電話するんやったらいいと思うけどな。わたしなんか、母と電話なんて前にいつしたか」

「……おばさん、何歳？」

「もうすぐ四十歳」

「うちの母親は三十五歳」

「そうかー」

デザートを頼むかと聞いたが、メイは甘いものは好きじゃないと答えた。そして、再びドリンクバーでウーロン茶をなみなみと注いで戻ってきた。

「中学生が昼間に団地歩いてて、学校に言われたりせえへんの」

「うろうろしてるのはだいたい同じ人で、中身もわたしと同じようなもんだから。おばさんも共感したんでしょ、わたしに」

ほおづえをついて傾けた顔を、メイは千歳に向けた。賢い子だなあ、と千歳は思う。それを見透かすような目つきで、メイは続けた。

「みんな、おんなじような顔してる。なんにもねえなー、なんかねえかなーって」

「わたしも？」

メイは、黙って頷いた。確かにその通りなので、むしろ千歳は感心した。

「あのー、じゃあ、散歩してる人で高橋さんていうおじいさん、知らない？」

「知らない」

「名前なんか聞かないよねえ」

「聞かない」

斜め前のテーブルでは学生らしき男女のグループが、クイズを出し合って盛り上がっている。男の一人がちょっとした知識を自慢げに披露していた。その手前のテーブルでは、スーツを着た男が仕事の資料を広げてビールを飲んでいた。

「メイさんは、なにか見つかりましたか？」

千歳が言うと、メイはしばらく黙っていたが、ウーロン茶を飲み干すと、

「トンネルの入口がない」

と言った。

「石垣のところの……」

「違う。あれじゃなくて別の、木の根元にあるやつ」

「それは初めて聞いた。わたしの夫、子供のころにもこの団地に住んでてんね。メイさんと同じぐらいのとき。そのときも、トンネルがあってどこかにつながってるって話があったみたいやけど」

「その人は入った？」

「ううん。あんまりそういうの信じないタイプやから」

一俊がトンネルの話をしていたときの横顔を思い浮かべる。

「トンネルの奥に入ったら、どこかの部屋に出るとは言ってたけど」

「やっぱり」

メイの目つきが急に鋭くなった。

「みんな言ってる。その部屋は、未来の世界で、自分も五年後とか十年後の姿になってるって」

「将来どうなってるか、知りたいの？」

千歳は子供のころ、少女が魔法の力で変身していろんな職業を体験するアニメをよく見ていた。困っている人を助けて、それが神様に伝わったらきれいな色の石がもらえて、その宝石が十二種類揃ったら自分がほんとうはプリンセスだった星が地球に戻ってくる。わたしだってもしかしたら別の星で生まれて、今のこの人生は仮の姿かもしれない、と千歳は小学校の高学年になるまで本気で考えていた。

「知りたいんじゃなくて、五年後になりたい。働いてるから。五年後は」

意志の固そうなメイの声に、千歳の回想は断ち切られた。

「面倒なことはとばして、自分で稼いだお金で暮らせるようになって文句言われないから」

「そうか」

自分がメイぐらいの年の頃、似たようなことを両親から言われたことがあった、と千歳は思い出した。自分でお金を稼げるようになってから言いなさい。だから長い間、人のお金で生活をしている間は自分にはなにも選ぶ権利はないのだと思っていた。だけど、メイのようにいきなり大人になりたいとも思っていなかったのは、そこまで切羽詰まっていなかったということなのだろう。

「でも、わたし思うねんけど」

千歳が言いかけたとき、テーブルに置いてあったメイのスマートフォンが光った。誰かからメッセージが来たようだった。

「行かないと」

メイはさっさと立ち上がった。

「ごちそうさま」

そのときやっとほほえんだ。

「夜遅いから、外は危ないよ」

千歳はメイの背中に声をかけたが、メイは振り向かずに店を出て行った。

十分に親の年齢である人間として、こんな時間に中学生を一人にしてしまったのはまちがいではないだろうか、そもそも青少年ナントカ条例違反だし、と店を出て暗く静まりかえった団地内の道を歩きながら、千歳は後悔した。

千歳も、中学校を度々嘘をついて早退していた。家の近くをうろついているとすぐに団地の人や同級生の親たちに伝わった。だから、バスに乗って図書館に行った。市立の大きな図書館があった。午後からの時間なら、制服でもそんなに気にされない、とそのときは考えていた。一度だけ、年配の女性に学校は、と聞かれたことがあるが、自由課題の時間で調べに来ているとかなんとかいってごまかしたらそれきりだった。八時の閉館までいて、またバスに乗って団地まで帰ってくると、塾帰りの同級生たちが公園の角でしゃべっていた。賑やかな笑い声を避けて、遠回りした。遠回りしても、同じ風景だった。同じ形の建物、同じ形の階段と扉、窓。同級生たちがいなくなるまで、建物の陰のブロックに腰掛けていたこともある。見上げると、自分の家と同じ窓があった。そこは同級生の家だった。まだ小さい子供の泣き声が聞こえた。

家に帰ると、父も母もいたがなにも言わなかった。当時はうまく隠せていると思っていたが、むしろ、両親は知りたくなかったのだろうと、今はわかる。気づいてしまうと、わたしに問い正したり、話を聞いたりしなければならなくなるから。まだ小学校低学年の妹は、おねえちゃんは遅く帰っても怒られないのはずるい、とすねていた。

自転車を買ってからは、会社の終業後に一度家に戻って「カトレア」に行くようになった。シャツにデニムの気楽な服に着替え、財布やスマートフォンだけを布製のトートバッグに入れて、やっと涼しくなってきた宵闇を自転車で走るのはなかなかいい気分だった。

常連の客たちとはかなり話すようになった。

「会社って副業禁止じゃないの?」

「最近はむしろ副業すすめるとこもあるみたいよ。会社が社員の生活を保障しません宣言」

「人と話すの好きなんで、ここにいるのは楽しいですよ」

「あゆみちゃんの前だからって、無理しなくていいんだよ」

「いや、心から思ってますって」

　あゆみの友人のヤマケンは、週に一度は顔を出した。ビールにソーセージにザワークラウトがヤマケンの定番で、以前好きなバンドの取材でドイツに行ったときに食べたのを、あゆみに頼んで近い味を作ってもらっているのだった。

「先週久しぶりに父親のとこに行ったよ。団地、変わってねえなあ。古くはなってるけど。そしたら、こないだ母親が来たって。仏頂面で言ってたけど、あれはかなりよろこんでたな」

　ヤマケンの両親が熟年離婚をして、父親が一人で団地に住んでいることは前に聞いたことがあった。

「離婚って、そんな突然やったんですか」

「うちの母親は、いかにもいい奥さん、いいお母さんで。部屋はいつも片付いてるし、料理は出来合とかインスタントは食べさせない、子供の話はやさしく聞く、みたいな。それがおれみたいなのが育っちゃって気持ちが折れたのか、親父の定年を前にして考えるところがあったのか、今まで自分はやりたいことをやってこなかった、デモもなんでもうしろのほうで見てるだけで、それが自分だと思ってた、とか急に言い出したんだよね。デモって何十年前だよ。ずっとそんなこと思ってたんだってびっくりした。家を出たあとはつれあい亡くした同級生と弁当屋始めて、いきいきしてるね。こんな人だったかなー、って見てると、うちにいた母さんじゃなくて、ただそこにいるその人って感じがして不思議なんだけどさ」

「どこにあるんですか、お弁当屋さん」

「葛西《かさい》。近所のインド出身の奥さんにタンドリーチキンの作り方教えてもらって新しい弁当研究中だってさ」

隣で葱を刻みながら聞いていたあゆみが、急に顔を上げて言った。

「それは、離婚しないとできなかったことなの？」

「わからない。引き返せない状況になりたかったのかなとは思う」

閉店の作業をして、店を出ようかというところであゆみに電話がかかってきて、千歳は先に出た。十一時半だった。道路を走る車も少なくなっていたので、自転車で暗くて静かな車道の端を走った。

先の信号が黄色から赤に変わり、自転車の速度を落としたのと同時に、右ななめうしろでエンジンの音がした。あれ、と思う間もなく、右側に突然、原付バイクが現れた。男が二人。運転する男はマスクで顔を隠している。そのうしろに跨《また》がる男は、短い金髪。それがコマ送りの画像のようにはっきりと見えた。うしろの金髪の男が腕を伸ばし、前かごに入れていたトートバッグをつかむのも、高性能カメラの写真のようにくっきりと目に焼きついた。

トートバッグの持ち手をハンドルに引っかけていたので、自転車は転倒し、千歳も倒れた。倒れた自転車に足を挟まれて、動けないあいだに、男はバイクを飛び降り、トートバッグを引っ張って取り、走って、バイクを追って駆け上るように乗り、スピードを上げてすぐ次の角を曲がっていった。

男がバッグを無理やり引っ張ったときに自転車のペダルが食い込み、千歳のデニムは膝裏のところで裂けた。その間から血が、街灯の白い光に黒っぽくなって滲《にじ》んでいた。

自転車はハンドルが歪《ゆが》み、チェーンも妙な音を立てていたので、押して「カトレア」まで戻った。もう店は閉まっていたが、歩道の先にあゆみの後ろ姿を見つけた。

「あ」

言いかけて、声が出ない。あ、と途切れては息を吸うことを三度繰り返して、その次は、いきなり大声になった。

「あゆみさあああああん」

振り返ったあゆみは、千歳に気づくと慌てて走ってきた。


店を開けてもらい、水を飲んだ。一俊の携帯電話の番号は思い出せず、あゆみから中村枝里に連絡をして番号を教えてもらった。あゆみの携帯を借りて電話をかけようとしたら、指が震えてうまく操作できなかった。結局あゆみにかけてもらった。一俊はまだ仕事中だった。千歳は、あゆみが隣にいるからなるべく平静にと気持ちを抑えて話すことができて、助かったと思った。

その間に、あゆみが店の電話で警察に通報し、ほんの五分ほどでパトカーがやってきた。店の中で、事情を聞かれ、それから現場に戻って位置を確認し、写真を撮影した。

「団地までの道、この時間になると人気ないもんね。千歳さんには早めに帰ってもらうようにしておけばよかった」

「いいえ、わたしが不注意だったから」

「この辺は夜は車も減るし。ほんとにごめんね」

あゆみに気を遣わせてしまうと思うと、ますます気が重くなった。

パトカーで警察署に着くと、一俊がロビーで待っていた。

「ごめんね」

言った途端、声が震えて泣きそうになった。

「仕事忙しいのに、迷惑かけてもうて」

胸のあたりを押さえながら千歳が言うと、一俊はその肩に手を置いた。

「謝らなくていいって。だから結婚したんだし」

一俊の手は重さがある、と千歳は思った。人の手はこれくらいの重さがあるのか、と。

一俊は、続けた。

「一人じゃなくていいから」

「うん」

被害届を出している間に、一俊が携帯電話やキャッシュカードの使用停止の連絡をしてくれた。刑事からは、もし鞄を拾ったという人から連絡があったら警察に知らせる、一人で行って二次被害に遭う人がいる、などと注意を受けた。警察署にいるあいだも、一俊とタクシーで団地まで帰るあいだも、原付の後部から振り返った若い男の顔が、頭を離れなかった。十代の、もしかしたら前半かもしれないほど幼い顔つきだった。表情を変えず、ただ確認するように千歳の顔を見た。その無表情な目が、暗闇の中から千歳を見続けていた。

部屋に戻ったときには、もう午前二時を過ぎていた。財布にほかに入っていたものがなかったか確認したりクレジットカードの使用停止の手続きをしたりしたあと、千歳は風呂に入った。気づいていなかったが、太股《ふともも》と腰に大きな内出血があった。ふくらはぎの擦り傷に水が滲《し》みて痛んだ。

布団に横になったが、千歳はなかなか寝付けなかった。一俊は、座卓でノートパソコンを開き、メールのやりとりを続けていた。布団に転がったまま、千歳は一俊に聞いた。

「団地で、髪の長い中学生の女の子、見かけたことある？」

一俊は、液晶画面の光に照らされた青白い顔を千歳のほうに向けた。

「中学生？」

「よく目立つピンクのパーカ着てて、今は暑いからそれは着てないけど。手足が長い、走るのが速そうな感じの子」

千歳は、その少女と団地の中で何度か会って、この間少し話をした、ということだけを言った。お母さんは中国に帰っちゃって、家に一人でいることが多くて、学校にはあまり行ってなくて、それから、トンネルを探しているらしい、とは話したが、ハンバーグを食べに行ったことはなんとなく言わなかった。話すと、メイの信頼を損ねてしまう気がした。そんなの最初からないとメイには言われそうだが、勝手にそう思っていたかった。

「トンネルの話、今でも広まってるんだ」

一俊は、座卓に肘をつき、なにか考えているような表情をした。

「ディテールがちゃうかったけどね。五年先とか十年先とかの世界やって」

「未来に行けるのか。夢があるね」

面倒なことはとばして自分の稼いだお金で暮らしたい、とメイが言っていたのを思い出す。それは、将来に対する夢とはきっと違う。メイのやってみたいことや行ってみたいところはどんなだろう。

「ほんまにあったらええのにね、トンネル」

「あるよ。でも、そこはもう埋められた」

あまりに平静な調子だったので、千歳は答えるのが少し遅れた。

「え、入ったん?」

北側の公園に近い斜面、と一俊は言い、千歳は自分の記憶のその場所を思い浮かべたが正確にどこなのかはわからなかった。

「木の根元に鉄のふたがあって、横向きのマンホールみたいな感じ。小学校の友達はみんな知ってた。ほかの部屋にはつながってなかった。三メートルくらいで行き止まりで、ただ、真っ暗なだけ」

壁はコンクリートで固められ、突き当たりも平面。箱のような場所だった、と一俊は説明した。子供が入ると危ないから、と問題になり、小学校を卒業するころには埋められてしまったらしい。

「えー、そんなん早く教えてよ。重大なこと」

「なんで？　入りたいの？」

「そらそうやん」

「この辺は、掘ったらいろいろ出てくるから、怖い目に遭うかも」

「……ほんまはなんかあったんやろ」

「ないない。ほんと、ただのセメントの壁だけ」

「ほんならなんのために？」

「昔は倉庫代わりに使ってたとかなんとか。ただ、奥の壁を叩くとちょっと空洞っぽい音がして。だから、昔のトンネルがまだ残ってて、なんかあったら壊して入れるみたいに言われてたんだけど、どうかなあ。防空壕を地下室がわりにしてるのとか、昔はよくあったみたいだし」

「今度、教えてよ、そこの……場所……」

急に、千歳は眠気を感じた。

「だいぶ木が茂っちゃってるからなー。たぶんもうわからないよ」

一俊の声を聞いている間に、千歳はようやく眠りに落ちた。

一人じゃなくていいから。

数時間前の言葉を、夢の中でも聞いた。


翌日、千歳は眠気に耐えつつ昼間の仕事に出勤した。会社の人には昨夜の出来事は伝えなかった。「カトレア」のアルバイトは、あゆみの勧めもあって休んだ。翌週は、会社も「カトレア」も以前と同じように水曜から出勤した。そのころには、腕と脚の擦り傷もかさぶたになり、内出血の痣もだいぶうすくなっていた。「カトレア」は十一時過ぎには店を出るようにとあゆみに言われ、やはり気を遣わせていることを、千歳は心苦しく思った。

中村枝里は「カトレア」に来る時間もないようで、メールが来た。母親の体調は不安定だし、区役所に行ったり保険会社の人に会ったりしなければならないし、友人から請け負った仕事は終わらないし、だんだん脳みそが働かなくなってきてるよ、と書いてあった。

数千とある同じような形の部屋の一つ、隣にもほとんど気配の伝わらないコンクリートの壁に囲まれた四角い場所で、枝里がどう過ごしているのか。枝里の住む高層棟のそばを通る度に、千歳は電話をしてみようかと思うが、結局かけられなかった。

そして、メイにもあの夜以来会わなかった。会社の行き帰りも「カトレア」から帰るときもたびたび振り返ってメイの姿を探したが、見かけることはなかった。連絡先を聞いておけばよかった、と千歳は後悔した。あのあとなにかあったのではないかと、自分の身に起きたことを思い出すと不安にかられた。

土曜日に買い物に行った帰りに千歳が団地を散歩していると、山のふもとを川井さんが歩いているのを見つけた。足を速めるとすぐに川井さんに追いついた。

川井さんはなにも持っておらず、山の周りを歩いていただけだと言った。

「てっぺんまで上るのは、なんだか億劫《おっくう》になっちゃって」

と、川井さんは笑った。天気が崩れるのか風が出てきていて、頭上の木の葉が擦れ合う音が波音のように聞こえていた。ちちち、と小鳥の声もしたが、種類は千歳にはわからなかった。

「このへんの木、全部桜ですよね」

「そうよ、ものすごいんだから。毎年ご近所の方たちとお花見するから、あなたもいらっしゃいよ」

川井さんは、これまでの花見の思い出話を始めた。来年の三月の末には、自分はここに住んではいないだろう、と千歳は思う。

勝男の留守を預かっているという名目での、数か月のつもりの居候《いそうろう》である。勝男が戻ってくれば、当初の予定どおりここから遠くない場所で部屋を借りて一俊と暮らす。離れるのはさびしいが、勝男がもうそろそろ戻ってこなくては困る。

それに、入居世帯には所得の制限がある。自分も働き始めた今の状況では、住み続けるのは難しいだろう。公営住宅はそういう場所だ。収入が基準を超えれば退去することになる。

子供たちが出ていったあと、親だけになる。家賃を考えればほかへは移れない人もいる。川井さんのように、そして勝男のように、この場所に住み続けたい人も多くいる。そして、建物も住む人も、すべてがゆっくりと衰えて行く。新しいビルや高層マンションが次々と驚くようなスピードで増え続ける都市の真ん中で、ここは時間の速度が落ちていくように、千歳には感じられた。

日野圭子は、団地北側の公園で出会った男が撮る写真のモデルを日曜日の度に引き受け、そして平日もときどき勤め帰りに会うようになった。父親の勝男にはなんとなく彼のことを話しそびれたままで、会社の人や友人と食事に行くなどと適当に説明していた。

彼は、写真だけでなく映画も好きだった。新宿の映画館にロードショーを見に行くこともあったし、名画座にも行った。団地から近い映画館で見たのは古いイタリアの映画で、ストーリーはよくわからなかったが、主演の女は美しかった。それまでに見てきた女優とは違う、なまめかしさと潔さの同居した横顔に見とれた。

風が冷たくなるころには、彼の友人たちが酒を飲んでいるところに混じることもあった。男も女もいたが、圭子が学生なのか誰の連れなのか気にする様子もなく、陽気に飲み続けていた。街角にも雑誌やテレビにも省エネの標語があちこちに掲げられていたが、街はいつも人で溢《あふ》れ、騒々しかった。この街にいる人は誰もが、浮き足立っていて、なにかしなければならないと焦って、話し続け、動き続けている。圭子はそんなふうに感じていた。

彼は、両親はいないと話した。幼いころに叔父に引き取られ、両親のことはほとんど記憶もないし、どこでなにをしているかも知らない。神戸や北九州など、叔父に連れられて転々とした。きょうだいも叔父以外の親戚もない。さびしくないかと聞かれるが、自分は自分以外の境遇を知らないし気楽でいい、と彼は穏やかに笑いながら話した。唯一の親戚である叔父は今は蒲田《かまた》にいるらしかった。

「その叔父さんがまた風来坊でさ、ふいといなくなっちゃあ一年くらい行方知れずで、またふいと帰ってくる。わけのわからない民芸品だの彫刻だの持って帰ってきて、藁葺《わらぶ》きの民家に泊めてもらったら幽霊が出たとか地主の家で跡を継いでくれって頼まれたとか、法螺《ほら》話なんだけど、一人芝居並みにうまいからつい聞いちゃうんだ」

「その叔父さんに似たんだね」

「仕方ないよなあ。毎日そんな話聞いて育ったら、なにがほんとでなにが嘘かわかんなくなる」

彼と話すのも、それまで知らなかった界隈《かいわい》に出入りするのも楽しかったが、なにより圭子が好きだったのは彼の撮影した写真だった。印画紙に白と黒のグラデーションで表された風景や人の顔は、現実の世界よりもいきいきとして動き出しそうに思えた。

年の瀬の慌ただしさが急に街を覆い、圭子もめずらしく残業に追われてしばらく彼に会えずにいたある日の夜、四〇一号室のドアを叩く音が響いた。重く冷たい金属のドアを開けると、刑事だ、と二人の男が手帳を見せた。そして、彼が過激派の学生の逃走を手助けしたことで逮捕された、圭子にも事情を聞きたいと告げた。

火曜の夜に圭子から電話があった。一俊の携帯にかかってきてしばらく話し、そのあと千歳に代わった。勝男がまた体調を崩しているようだった。

「脚はよくなって、熱が出る前は川沿いの公園まで歩いて行ってきたんだけどねえ。もう少し涼しくなったらそっちにいっぺん連れて行こうと思ってるのよ。ここにいても知り合いもいないし、といっても道で会った人に話しかけてるけど。やっぱりそこにいるほうがね、気力がね、違うだろうから」

聞きながら、千歳は今までとは違った不安に駆られた。寒くなる前に帰って来られなければ、勝男はここに戻れなくなるのではないか。自分がぐずぐずと勝男の探している人に行き当たらないから、そのせいで勝男が帰って来られないのではないか。「高橋さん」だって、もし一度見たあの人なら健康そうだったが、いつなにがあるかわからない。早くしなければ。と気ばかり急くものの、やはり「高橋さん」の部屋の扉をノックするには至らなかった。

金曜の夜、「カトレア」で元手芸部員たちの飲み会が行われた。枝里も、久しぶりに姿を見せた。前に結婚祝いの飲み会に集まってくれた女子三人と、枝里の同学年の男一人が先に飲み始め、一俊とあと二人か三人は仕事が終わり次第来るとのことだった。そんな日に限って店はめずらしいほど忙しく、カウンターも窓際のテーブルも満席のうえ、料理の注文も多かった。あゆみも千歳も手芸部員たちと会話する余裕はなく、枝里が注文を伝えに来たり、皿やグラスを運んだりしていた。

九時を過ぎたころ、一俊が男二人といっしょに入ってきた。一俊の同級生である二人は、すでにどこかで飲んできたのか、上機嫌で声が大きかった。

「なんだよ、全員、変わらないにもほどがあるっての」

「自分がいちばん成長してないくせに。むしろ退行してるよ」

「うっせーなあ」

ぽんぽんと飛び出すような言葉が耳に入ってきて、千歳は、こういう関係性は中学や高校までしか作れないものだと思った。自分はあんなふうに話せる友人とは、もう何年も会っていない。

「マリコちゃん、双子が生まれたんだってさ」

ひときわ大声で、一俊といっしょに入ってきた男の一人が言った。千歳がちらと目をやると、彼は腕を一俊の首に回している。

「だから、みんな永尾のこと慰めてやってよ」

「なんとも思ってないよ。関係ないって」

一俊はぞんざいに返した。

「じゃ、なんでおれに元嫁のことなんか話したんだよ。落ち込んでるくせに」

彼は明らかに酔っており、一俊や女子たちが千歳のほうを気にしていることにまったく気づかなかった。女子の一人が、一俊に抱きついていた男の腕を引っ張った。

「ちょっと、やめなよ、久しぶりの集合なのにそんな話題から始めないで」

「いやー、男は一度つきあった女のことはいつまでも気になるもんっすよ。おれなんかこないだ中学のときに初めてつきあった彼女が離婚したって聞いて、もしやおれのことが忘れられないのかなって」

「誰だよ、それ。おれ聞いてねえよ」

「違う中学だもん、塾の子」

「あんたがバカなだけじゃん」

一俊は、千歳から目を逸らしている。千歳のことを知っている女子たちは、話題を変えた。聞いていない、もしくは何のことかわからなかった、というふうを装って千歳は仕事を続けた。

さらに一時間ほどしてカウンターの客が帰り、やっと余裕ができたので千歳は元手芸部男子たちに挨拶にいった。

「初めまして。千歳と言います。あの」

言いかけたところで、一俊が遮った。

「おれの、奥さんです。五月に結婚した」

「えっ、どうも……、あっ、そうか、おれ、水島《みずしま》と言います。永尾の親友で」

水島は立ち上がって、人のよさそうな顔で頭を下げた。

「いや、なんか意外だなあ」

よほどその前の結婚相手と違うタイプなのだろうか、と千歳は似たようなことを言った中村直人を思い浮かべた。

「よかったよなー。永尾ってほっとくとずっと一人でいるタイプだから。千歳さん、ありがとうございます。面倒見てやってください」

「地味だけど根はいいやつですから」

さらに酔いの回った男たちは、何度か同じ言葉を繰り返した。

千歳と一俊と枝里と、三人で歩いて団地まで帰った。ひったくりに遭った場所を通るとき、千歳は、体の右側が緊張するのを感じた。エンジンの音が聞こえた気がした。一俊にも枝里にも気づかれなければいいと思った。

四〇一号室に戻り、部屋にあがった途端に、一俊が言った。

「なんか、ごめん」

「そんなん、誰でも今までの人生があるんやし、気にしてないって」

「カトレア」で同級生が言っていたことだと千歳にはわかっていた。前の結婚相手についてのこと。

「幸せにしてはるんやったら、よかったやん」

それは千歳の本心だった。なにをそんなに気にすることがあるのか、わからなかった。

「千歳さん」

一俊は、畳に正座した。

「おれ、たぶん、ほんとは、ちゃんと話しておいたほうがいいことが、あったと思う」

9

「カトレア」の二階は、思ったより広さはあった。六畳が二間と道路に面した窓際に三畳ほどの板張りのスペースがあった。しかし、この木造家屋が建てられてから五十年の間に溜まった荷物、段ボールやブリキの衣装ケースに入ったなにかが奥の六畳をほとんど占領してしまっていた。

真ん中の六畳にある押し入れは少々黴《かび》くさく、襖《ふすま》も歪んで開けづらかった。茶色く日焼けした畳はささくれていて、裸足で歩くのは気をつけた方がよさそうだった。終電を逃したときにあゆみが泊まることもあるので、布団が置いてあり、千歳はそれを敷いて眠った。

大型のトラックやバスが通ると、家は揺れた。車の音以外は、夜はとても静かだった。隣が空き家のせいもあって人の気配が感じられず、新宿から歩いて十五分ほどの場所だとは信じられない、と千歳は布団の中で思った。朝になると、裏の駐車場から車が出ていく音がして、目が覚めた。

勢いで家を出てきてしまったものの、この先どうするのか、考えはまとまらない。自分が家出をするとは、予想していなかった。

一俊の話は、意外と言えば意外だったが、聞いてみればなんとなくわかっていたことのようにも千歳には感じられた。

去年の忘年会には、千歳の職場と一俊の職場と、それからその他仕事関係の人たちと、全部で三十人はいた。二次会でも二十人近くいた。チェーン店の居酒屋の座敷席で、年末で忙しい日が続き睡眠不足だった千歳も同僚もだいぶ酔っていた。一俊は、元々酒が弱いので、その店に移ってからはウーロン茶しか飲んでいなかった。

千歳と同僚と、一俊とその同僚とが同じテーブルにいて、千歳がドキュメンタリー番組で見た農業をするアリと呼ばれるハキリアリについて話していたが、そのうちに最近見たおもしろい動画をスマートフォンで見せ合う展開になり、千歳は、猫が二メートルもジャンプする動画を見せた。そのとき、アラームが作動して液晶画面に「ピル」という表示が出た。

あっ、これはですね、わたし、ちょっと婦人科系の病気があってその症状を抑えるために飲んでるんですよ、毎日決まった時間に飲まないといけなくて、いつも寝る前に設定してて。

とっさに説明した千歳に、あー、そうなんだー、と一俊の同僚の男は気まずさを取り繕《つくろ》うように、平坦な調子で言った。一俊はなにも言わなかった。

確かに、それは覚えている。そのあと別の話になり、酔いを醒まそうと隅のテーブルに移っても、そもそも説明する必要もなかったし、こんな場で生々しい話になってよくなかったのではないか、などとつらつら考えた。一人で水を飲んでいると、さっきその表示を見た同僚、職場では先輩だが四つ年下の小川奈々《おがわなな》が、隣に座って話しかけてきた。

「さっきのって、体調変わったりしない？」

小川奈々は子宮筋腫《きんしゅ》があって、手術をするか低用量ピルで様子を見るかと病院で言われて、迷っているところだと言った。子供がほしいから、どっちがいいのかなって。

「そうかー、わたしは、最初の会社辞めたのも仕事中に貧血と腹痛で倒れて救急車呼ばれちゃったのがきっかけで、検査したらかなりひどい状態で、もっと早く病院行っとけばよかった、って。でも仕事休めないと病院行かれへんよね、今で言うところのブラック企業に近い感じで休日もろくになかったし。卵巣片方手術で取って、それでも内膜症はあるから症状を抑えるためにずっとピル飲んでる。妊娠希望ならむしろピルを飲んでいざ妊活っていうときまで、体調を整えたほうがいいみたいなんだけど、なんていうか、わたしは子供はねえ、もともと絶対ほしいっていう感じでもなくて。手術したときに今後妊娠する確率は低いって言われたけど、そこまでショックじゃなかったな、正直言って。友達とか見てると子供いたら大変だけど楽しいやろうな、とは思うけど、そもそもずっと相手がいなかったしね」

「わたしは結婚はしなくても子供だけはほしいんだよね、日本は未婚で体外受精みたいな手段は一般的じゃないから、誰か頼める人いないかなーとか。ははは。だって、産むのも育てるのも体験してみたいって思うし、生まれたからには自分も誰かを育てなきゃって思うの」

「そうかー。それくらい強い気持ちがあればいいんやけどね。というか、酔った勢いで言うてるけど、なんでそういう強い気持ちを持てないのかって思うのやけども。たぶんわたしはこのまま一人なんやろなーって。そういう人生かなー、とまあ、この年になると、覚悟というと大げさだけど、受け止めてる。一人でいるの、嫌いじゃないし」

千歳たちのうしろでその会話を聞いていた、と一俊は打ち明けた。

そして、前の妻に子供が産まれたことは先日中村直人から聞いた、離婚したのは不妊治療に関しての気持ちの不一致が理由だった、と一俊は話した。

彼女は、子供がほしいと結婚前から言っていた。二人か三人、にぎやかな家にしたいね。男の子でも女の子でも。結婚して三年近く経っても妊娠しなかったので、彼女は不妊治療も考えた方がいいんじゃないかと切り出した。まずは検査を受けてみようよ、と。一俊は、まだお互いに三十代になったばかりだからもうしばらくは自然に任せるのでいいんじゃない、収入も余裕がないし、と答えた。彼女は病院に行った。大きな支障は見つからないがホルモンのバランスが悪いから整えて様子を見ると言われた、と彼女は報告した。それから一年近く仕事が忙しいからと先延ばしを繰り返してやっと、一俊も検査を受けた。その結果、原因が自分にあるとわかって、一俊は混乱した。まさか自分が、というショックもあったし、病院で待っている間、検査を受けている間に初めて、彼女の切実な気持ちを思い知ったからだった。

そのときにはすでに、彼女のほうは気持ちが冷めてしまっていた。半年後、とにかく、これからこの人となにかをいっしょにやっていこうという気持ちがなくなってしまった、と彼女は説明した。彼女から離婚という言葉を聞いたとき、彼女の気持ちを思いやれなかったことが、なにより彼女を傷つけたことを痛感し、自分自身を失望させた。自分はもう誰かと結婚などしないほうがいい、と思った。

それなのに、忘年会の日、千歳の話を聞いていて、この人と生きていきたい、と突然思った。その前、仕事でやりとりをしていたときからなんとなく気にはなっていた、忘年会の一次会でも話している感じがなんだかよかった、うまく説明できないけど、そう思った。

「カトレア」の閉店作業を手伝いながら、千歳はあゆみに「家出」の経緯を話した。

「なんて言うたらいいんですかねえ。それならそうと話してくれればよかったのに。わたしにとっては、子供のこと自体は大きな問題じゃなかったし。かえって、不憫《ふびん》ていうか同情ていうか、そんな感じに見られてたんかなって思うじゃないですか」

あゆみは何度もうなずき、千歳はそれに励まされるように、胸の内に溜まっていた言葉を吐き出した。

「なんで同じようなこと繰り返すのかなあ。前の結婚も、早めに話し合ってれば離婚じゃなかったかもしれないじゃないですか?」

しかし、言えば言うほど、すっきりするどころか自分の感情さえ見失うような不安が大きくなった。

「そうだよ、千歳さん、なんか優しすぎるって。もっと怒っていいよ、絶対」

「怒ってるっていうか、怒ってないわけじゃないけど、それよりなんていうか、うーん」

しゃべっていても、うまく言葉にできなくても、千歳の脳裏には常に、団地の部屋で、正座したまま話し続けた一俊の顔が浮かんでいた。

体調の話を聞いていて急に結婚しようと思ったから子供ができないことを気にしなくていいためにそう考えたようなうしろめたさがあり、離婚の理由を言いそびれ、考えているうちになにがほんとうの気持ちか自分でもわからなくなり、時間が経つほどに言い出せなくなった、と一俊は言った。うん、聞いた流れだとそう受け取るね、子供のことに引け目を感じなくて都合がいい的な。千歳が言うと、一俊は黙ってうつむいた、というよりはうなだれた。えーっ、と千歳は心の中で叫んだ。と同時に、そんな一俊の様子にどこかで笑いそうになっている自分にも気づいていて、できるだけ表情を変えないように努めた。一俊の頭のつむじが見えていた。

「で、彼はなんて言ってるの」

「千歳さんの思う通りに、って。離婚したいなら、仕方ない、とかなんとか」

「えぇーっ、なにその消極性」

「ですよねえ」

自分がなににいちばん納得が行かなくて家を出てきたのか、千歳は自分でも判然としなかった。一俊の話を聞いたときも、ものすごく腹が立った、という感じではなかった。

その話を聞いた翌日、土曜日なのに一俊は出勤していき、一人で部屋にいるのがいやになった。より正確に言うと、夜になって一俊が帰ってきたときにここにいたくない、と思った。それでとりあえずの荷物をまとめ、しばらくは駅近くの喫茶店にいたが、「カトレア」の二階のことを思いつき、あゆみに電話をかけたのだった。

結婚しようと思ったのは、それが理由じゃない、と一俊はその言葉だけは、千歳の顔を正面から見てはっきりと言った。

「千歳さんといっしょに暮らしたいと思ったんだ、信じてもらえないかもしれないけど」

「信じない」というのは「嘘だと思う」ことだろうか。一俊が嘘をついているとは思わない。心からそう思っているのはわかる。では「信じる」は、この先もいっしょにいると決めることだろうか。千歳はわからなかったので、返事はしなかった。

自分だって話していないことはある。それは、話さなければならないことではないし、夫婦だからってなにもかも洗いざらい話すものだとも思わない。ただ、誰にも言ったことがないから、一俊には言ってみてもいいかもしれない、とも千歳は思う。

あゆみは、流し台にもたれて、話し続けた。

「わたしはね、子供はできるものだと思っていたから、結婚して四年ぐらい経って、夫と話し合って自然に任せようって結論になって、ちょうど仕事も忙しかった時期だしね、お互いに。わたしはメインで仕事をしてた雑誌が休刊になって新しいところを開拓しないと仕事がなくなるんじゃないかって不安だったし、そのまま時間が過ぎて、四十歳になる前の数年はやっぱりもうこのまま子供がいない人生なんだってことや、自分が女だけど子供を産まないってことが怖かったのか、ごちゃごちゃに落ち込むし焦るし、このわたしが家にこもりがちになって。お店始めたのも、それが関係あると言えばある。あのとき別の選択もあったかなって考えることもあるけど、結構あるけど、その分、夫と二人で思い合って年を取っていければ、って思ってる」

少しだけ遠くなった会社への通勤には自転車が役に立った。会社では当然、家出中などとは言えなかったが適当な言い訳をして、自転車は幸いビルの裏の駐車場隅に置かせてもらえた。

経理担当の三島直美の息子は、普通科への進学を決めたが、大学は美術科に行きたいとの意志は固く、美大受験の予備校に通いたいと言っているらしい。

「ああ、これでまた働いたお金が飛んでいくなあ。もう少し広いマンションに引っ越す計画が」

「上のお子さんは大学に入ったら一人暮らしするんですか？」

「仕送りするとか無理。とにかくうちから近い大学にして、バイトたくさんしろって言ってるの。今の大学の授業料知ってる？　わたしたちのころに比べても倍ぐらいするのよ」

「そうらしいですね」

「だからさ、よくおじさんとかがおれたちのころは学費ぐらい自分で稼いだもんだ、贅沢するから金がかかるんだとか偉そうに言うけど、ぜーんぜんっ、違うんだから」

会社の仕事が終わると、自転車だから人の多い表通りは避け、団地の周りも避け、多少遠回りして「カトレア」に向かった。出勤するときも、路地裏を通った。

金曜の終業後、荷物を取りに団地に寄った。部屋は、一週間前に出てきたときとなにも変わらないように見えた。流しに使った食器がいくつか置きっぱなしになっている以外は、むしろすっきり片付いているように見えた。一俊が一人で暮らしている部屋みたい、と千歳は思った。ほんの数か月ここにいただけの自分の痕跡なんて、最初からなかったように簡単に消えてしまうのかも、と思った。窓から外を見ると、保育園に子供を迎えに来た母親が自転車で走っていった。

団地の公園の遊具に、中学生が三人腰掛けていた。女子が二人、男子が一人だった。

山田が言った。

「今見てる世界って、本物だと思う？」

「映画見たからって真に受けたわけ？　単純すぎるだろ」

山下《やました》は言って、二日前に山田の家でビデオを見た映画の主人公を真似て腕を回しながら背中を大きく反《そ》らせ、見えない弾丸をよけた。そのまま砂場に倒れた。制服のプリーツスカートが砂だらけになった。

「うちの兄貴がさ、去年で世界が終わると思ってたのに終わらなかったから絶望してて。ばかだよね」

「世界が終わっても終わらなくても、絶望してもしなくても、この先なんか大変そうなのはなんも変わらないのに」

「意味がわからない」

山田が笑った。山下はなにかの曲をつぶやいた。

「うまくなりてーな」

山本はギターの練習中だった。バンドを組んだが、三週間でけんかして解散し、新しいメンバーを募集中だった。

「かっこよくなりたい。観客を熱狂の渦に巻き込みたい」

そう言った山本に、山田が言った。

「頭よくなりたい。そうじゃないと、わからないってことがわからない」

「東京のこんなとこに生まれちゃうとさ、出ていくとこがないじゃん?」

「うち、親両方とも東京だしね。練馬と小岩。田舎ほしい。夏休みだけの友だちとか、切ない響きのやつ」

「正しい夏。ゲームみたいな」

「団地の盆踊り行っとけよ」

斜め上から声が飛んできた。

声のほうを見上げると、低層棟の二階の窓から、山岡《やまおか》が顔を出していた。

「話、丸聞こえー」

「どんな話だったー?」

「ばかみてえな話!」

「アイス食べるー?」

山岡の部屋に、三人はどやどやと入り、徳用サイズのバニラアイスをスプーンで取り合って食べた。山本が窓際に立つと、さっきまで自分たちが座ってしゃべっていた遊具が見えた。そのとき、自分はいずれここからいなくなるのだと、急に理解した。

千歳がバッグを三つ提げて「カトレア」に戻ると、あゆみが料理の仕込みをしていた。

とりあえず荷物を二階に置き、千歳はカウンターやテーブルを拭いた。

「このままここに住まわせてもらいますかねえ」

「やめたほうがいいよ、耐震が心配だし、虫も結構出るし」

自分にとっては虫が最大の脅威かな、と千歳は思った。

「それに、ここって土地は借地なんだけど、マンションの計画があってこのへん立ち退きが進んでるの。裏は駐車場になってるでしょ」

この店がなくなってしまうのも、表通りから角を曲がっただけでひっそりと人の暮らしが動き続けているのが感じられる場所が失われてしまうのも寂しいと思って、千歳は表情を曇らせた。それを見て、あゆみは、千歳が行き場がなくなるのを心配しているのだと勘違いし、慌てて言った。

「あっ、当分はいてもらっても全然だいじょうぶだからね。もっと先の話だから」

最初の客が入ってきた。

午後十時を過ぎて、店に客はおらず、今日は早めに閉めようか、とあゆみと千歳が話していたら、中村枝里が店に入ってきた。いつもなら、店に来る前はあゆみにメールが来るのだが、なにも連絡はなかったのであゆみは少し驚いていた。

枝里は、黒いマキシ丈のワンピースに青いスニーカーを合わせていた。おしゃれやなあ、と千歳は思わずつぶやいたので、枝里は軽く吹き出した。窓際のテーブルで、いつもどおり、焼きうどんと白ワインを注文した。

「家出って本気で？　いい年して」

にっと口の端を上げ、枝里は千歳の顔を見て笑った。たぶん、一俊から理由も聞いたのだろう、と千歳は思う。

「いやー、お恥ずかしながら」

「永尾くんはねー、普通にやればいいことを、なんでわざわざそうしちゃうの、ってとこがあるからなー」

「それはわかるけど。わかってるけど」

だだをこねる子供を見るようにほほえんでいる枝里を見て、千歳は羨ましいと思った。恋人や夫婦は別れることがあるが、友人関係で絶交というのはそうそうないだろう。穏やかな笑みを浮かべたまま、枝里は言った。

「わたしは、千歳さんと会えなくなったらさびしいよ」

千歳は少し考えてから、答えた。

「一俊は抜きでもいいんちゃう？　当分は、ここにいるし」

「そうか。ねー、あゆみさーん。この人、ここに居座るつもりだよー」

カウンターの中にいたあゆみは、真顔で言った。

「ここの二階はそういう人呼んじゃうのよ」


　圭子から電話があった。十月の末に、一俊の父方の祖母の十三回忌があるのだが、千歳も参加するか、平日だから無理しなくていいが、親戚に紹介しておいたほうがいいかと思って、というのが用件だった。前の晩に一俊に電話したのだが、千歳さんはもう寝てるって言ってたから、どうせあの子のことだから、わたしから電話があったって伝えてないでしょ。ええ、そうですね、昨日はわたし、ちょっと早めに寝ちゃって。団地に帰っていないことは言わなかった。圭子はそれ以上なにも聞かなかったし、聞きたいようなそぶりもなかったので、一俊も適当にごまかしたのだろう、と千歳は推測した。法事の話はとりあえず保留にした。

一俊からメールは来るが、用件と、体調や生活を気遣う言葉が短く書いてあるだけだった。あまりしつこくしないほうがいいと思っているのかもしれない。

会社の仕事が四時で終わる週の半ばに、千歳は団地に寄った。しかし、四〇一号室には帰らなかった。スーパーの前に自転車を停め、まっすぐ高層棟の一棟へ入った。集合ポストで名前を確かめ、エレベーターのボタンを押した。その間、誰にも会わなかった。もうだいぶ涼しくなってきてはいたが、エレベーターに乗り込んでドアが閉まると、汗が流れてきた。

十階で降りると、風が心地よかった。廊下から東京の街が見渡せた。雲の向こうで傾いて行く日差しがいいなあ、と千歳は思った。子供のころ住んでいた団地でも、高層階に住んでいる同級生が羨ましかった。

長い長い廊下には、水色の扉がいくつも並んでいた。どこからか、玉葱を炒《いた》めているときのにおいが漂ってきた。大きな声で、たぶん電話をしているのも漏れ聞こえてきた。

目指しているドアの前に、千歳は立った。

呼び鈴を押した。ぴんぽーん、と音は鳴った。なんの反応もない。

もう一度、押した。ぴんぽーん、と水色の扉の内側で鳴った。

しばらく待った。誰も出てこなかった。


四〇一号室の前に立った刑事たちは、困惑する圭子にかまうことなく、今から警察署へ同行してもらうと言った。

「なんだよ、あんたら」

圭子の後ろから、勝男が顔を出した。その声を聞いて、圭子はとにかく刑事たちに家の前にいられてはまずい、と考えた。

「いいの、友達のことだから。少し、行ってきます」

圭子は、覆面パトカーというものに初めて乗って、ほんの五分で警察署に着いた。話を聞かれたのは、想像していたような取調室ではなかった。会社の事務所と変わらない雰囲気の部屋の片隅で、刑事たちの言葉も丁寧だったが、どこか高圧的で、圭子が話す言葉をまったく信じていないように感じられた。

警察署には、彼の両親も来た。彼の話では幼いころに別れて行方《ゆくえ》も知れないはずの両親は、千葉に住んでいた。取調室から移動させられる彼を廊下で見つけ、父親は、「この恥さらし」と怒鳴って、彼を殴った。母親は隣で泣き崩れた。お芝居みたい、と圭子は思った。まったく同じ場面をすでにテレビドラマで見たことがある気さえした。

彼は、過激派の男とは、写真を展示してもらったバーで知り合い、なにかしら活動をしているとは聞いていたものの、二、三日泊めただけで関係者や逃走先についてはほとんど知らないらしかった。三日ほどで彼が釈放されたさらに二日後、圭子は彼と新宿の喫茶店で会った。彼は、丁寧な言葉で、圭子が警察に呼ばれたことを詫《わ》びた。そして、事情を話した。彼の父親は地元の市議会議員、母親は元高校教諭で主婦。彼自身は、中高一貫の進学校を優秀な成績で卒業していた。兄と妹もいた。つまり、圭子が彼から聞いた生い立ちは、みんな嘘だった。ただ、叔父が蒲田に住んでいるというのだけは本当だった。〝風来坊〟ではなく小説家で、幼いころから、父親よりも自分に年の近い叔父に遊びに連れて行ってもらうことが多く、叔父を通じて知る自由な東京での生活に憧れていた、と彼は言った。あんなやつに影響されやがって、と、警察署の廊下で彼の父親が怒鳴っていたのを思い出した。

悪かった、と彼は言った。嘘をついて、申し訳なかった、と。

その後も、圭子は彼に会ったし、写真も一度撮ってもらった。しかし、だんだんとあいだがあき、連絡も途絶えた。半年ほどして、大学は中退して広島で飲食店に勤めている、という手紙が届いた。

団地の部屋で、圭子は彼にもらった写真を眺めた。植物園の樹皮のはがれた木の前で振り返ったところ。新宿の路地で壁にもたれているところ。印画紙の上に黒い粒子で表された植物、コンクリート、ガラス、それから人。自分の顔だが、知らない人のようだった。

「今まで、自分の顔をちゃんと見たことがなかった」

圭子は、つぶやいた。夕食に焼いた秋刀魚《さんま》を運んできた勝男が、写真を覗いた。

「そこに座ってるおまえも、その写真に写ってるおまえも、おまえじゃねえか」

「えー、そうかなあ。違うと思うけど」

圭子は、勝男の顔を見上げて言った。自分とは似ていない、勝男の顔。

「違っても、どっちもおまえだってことだ」

勝男はぶっきらぼうに言って、秋刀魚の皿を座卓に並べた。

「お父さん」

そのときなぜそれを聞こうと思ったのか、あとになっても圭子はわからなかった。

「お父さんは、お母さんとどうして結婚したの。お母さん、別の人の子供を妊娠してたんでしょう。つまり、わたしを……」

「父親に会ってみたいか？」

勝男は、どさっと音を立てて腰を下ろした。圭子は、勝男の頭から足先まで、確かめるように見た。今ではその人が、圭子の唯一の家族だった。

「会いたいとも会いたくないとも思わない」

「そうか。よかったよ、誰だか知らねえからさ、言われたら困るとこだった」

「そんなこと、娘には普通言わないいんじゃない？」

圭子は笑った。

「普通って、どういうのが普通なんだよ。ほら、さっさと食え」

秋刀魚は、勝男の好みで焦げたところが多かった。

勝男さんに会いに行ってきます。あなたは仕事で来られないと言っておきます。千歳はそれだけをメールして、電車に乗った。

一俊の父親の道俊は、今回は焼きそばを作ってくれた。温泉町にいるときに覚えたから、夜店の屋台風の味だった。

食べたあとで、千歳は勝男と二人で散歩に出た。脚の怪我はかなりよくなったようだが、歩くのはゆっくりだった。川べりの公園に着くまでの十五分ほどのあいだに、馴染みになったらしい人たちが三人も声をかけてきた。

「勝男さんは、社交的ですね。羨ましい」

「あんたもよくしゃべるじゃねえか」

「わたしは、余計なこと言っちゃうっていうか、しゃべるけどうまくしゃべれてないから」

「人がなに言ったかなんて、みんないちいち覚えてねえよ」

川べりの細長い公園は、数組の親子がいるくらいで、休日の午後にしては閑散としていた。少し離れた川沿いの柵のあたりには、三脚にカメラを構えた男たちが五人ほどいた。どのカメラにもバランスがおかしいほど長い望遠レンズがついていた。男たちは迷彩柄のパンツやたらとポケットのついたベストを身につけ、ジャングルに探検にでも行くような姿だったが、周囲は数本の桜が川に向かって枝を伸ばしているだけだった。

「隣の川井さん、元気かい？」

「お元気ですよ。最近はときどき、おかずをお裾分けしてくれたりして」

川井さんも、わたしがいないことに気づいているころかもしれない、と千歳は思った。秋になったら親戚が送ってくる梨をくれると言っていたが、もう届いただろうか。

「勝男さん」

「ああ？」

川沿いの柵に子供が近づくと、迷彩ズボンの男が追い払った。子供は怯《おび》えた表情で、母親のほうに走っていった。

「わたしといっしょに、高橋さんのところに行ってみませんか」

「そうだなあ」

迷彩服の男たちは小鳥の写真を撮っているのだと、勝男は教えてくれた。


翌週の土曜日に、圭子が勝男を団地につれてくることになった。

一俊に話すかどうか迷っていると、一俊から電話があった。枝里の母親が二日前に死んだ、と一俊は言った。明日の夜に通夜があるが行くかどうか、と聞いてきた。行く、と千歳は答えた。

通夜と告別式の場所は、団地から地下鉄で二駅離れた葬儀会館だった。仕事で遅くなった一俊と駅で待ち合わせ、徒歩五分の式場に着いたときには通夜は終わるところだった。

総合斎場は、クリーム色の壁も大理石の床も明るすぎるほどのライトに照らされて、てかてかと光っていた。特徴のある装飾もなく、汚れもなく、時間の経過を感じない場所だと、千歳は思った。毎日同じような葬儀が行われ、片付けられると、まったく元の状態に戻る。その前にどんな人の葬儀があったかなど、痕跡が残ってはいけないのだろう。清潔で、死の気配なんて感じさせずに、会場を出ればすぐに忘れてしまえるように、そんなふうに作っているんだろうと、以前職場の上司の葬儀に行ったときと同じことを考えた。

入口には三件の葬儀の案内がかかっていて、中村家は二階のいちばん小さな会場だった。ほかにも遅れてきた人たちがぱらぱらと入ってきて、簡素な祭壇の横にいる枝里に言葉をかけていた。祭壇前の椅子に座っている一団は、親戚らしい。人が途切れたところで、一俊と千歳は枝里のところへ行った。

枝里は、シンプルな黒いワンピースを着ていて、喪服ではあるのだが、いつもと変わらないように千歳には見えた。

「えっ、帰ってきてないの？」

姿が見えないと気になっていた中村直人は、赴任先のベトナムから戻っていないのだという。仕事でトラブルがあって動けない、なんとか告別式には、と言っていたが、今朝から連絡が途絶えていると、枝里は仕事の申し送りのように説明した。

「もういいよ、べつに……」

枝里の顔からはほとんど表情がなくなっていた。なんて声をかければいいのだろうか、と千歳は枝里と一俊の顔を交互に見た。そのとき、視界の端で動いた人影に、千歳はふと顔をあげた。黒い式服の後ろ姿は、「高橋さん」に似ていた。会場から出て行くところだった。

一俊が、直人をかばうように言う。

「いや、ほんとに仕事でトラブルがあって大変らしいんだよ。あいつ、そのプロジェクトの責任者で」

「それは知ってるよ」

枝里の声に苛立ちが混じる。「高橋さん」らしき人の後ろ姿は、自動ドアの向こうへ消えそうだった。

「あ、あの、ちょっと、すぐ戻ってくるから」

千歳は、とっさに言って、その人を追って足早に部屋を出た。エレベーターの扉が閉まったところだったので、階段で降りた。一階についたときにはエレベーターのドアが開くところだったが、ぞろぞろと降りてきた黒い服の人たちのあいだに、「高橋さん」らしき人は見つからなかった。

千歳は、駆け下りた階段を上った。一階分上るその間に、冷静さが戻ってきた。するべきでない行動をしてしまった、とわかった。

小学校三年生のとき、父方の祖父が死んだ。父の郷里で行われた葬儀が、千歳が初めて体験した葬儀だった。元々年一度会うか会わないかで、無口だった祖父が死んだと言われても実感はなく、父母の動揺や周囲の普段とは違う空気に対して、千歳は悲しみより戸惑いが大きかった。祖父の家は見慣れないもので飾られ、知らない人が次々とやってきた。最初きれいな布団に寝かされていた祖父の顔を見せられたときも、怖いとは思ったが、悲しみやさびしさは湧いてこなかった。人がいないのを見計らってそっと近づいて、布を持ち上げて顔を見てみた。人形みたいな肌の質感が気になってつついてみた。それを、親戚に見咎められ、躾がなっていないと母がその親戚から叱られた。家に帰ってから、葬儀のあいだに興味をもった物事をこっそりノートに絵入りで解説を書いた。その中にはおもしろかった、楽しかった、という言葉もあった。それを母が見つけて、人が死んだときにこういうことを言ってはいけないのだと怒り、そのうちに思いやりのない子だと泣き始めた。父はそれを聞いて面倒そうに、千歳に注意した。千歳は、とても悪いことをしてしまったのだと動揺したが、母にも父にもなにをどう言っていいのかわからず、なにも答えられない自分のことが怖くなった。

それ以降、なにかある度に両親は、なにを考えているかわからない、と困惑し、千歳のほうも自分の気持ちや学校でのできごとを隠すようになってますますこじれていった。それよりも前から、千歳も、両親も、互いにどう接すればいいか、行き違っているところはあった。千歳は、学校でも同級生とうまく付き合えなかったり、不用意なことを言ってしまって女の子が泣き出したりしたこともあったので、自分は人としての気持ちに欠けたところがある、それを表に出さないように気をつけなければ、と思ってきた。それなのに、この年齢になってまで同じようなことを繰り返してしまったと後悔した。

祭壇の前に戻ると、一俊が少し驚いたような顔で聞いた。

「どうしたの？」

「いや、ちょっと、知ってる人が、いたと思ったんだけど、人違いで……」

一俊も枝里も、腑《ふ》に落ちないような視線を千歳に向けたが、弔問客《ちょうもんきゃく》が枝里に声をかけてきたので、一俊と千歳はいったん離れて、並ぶパイプ椅子のいちばんうしろに腰掛けた。

二人とも枝里のほうを見たままだった。一俊が遠慮がちに言った。

「千歳さん、だいじょうぶなのかな、その、疲れてない？」

「うん。カトレアで豪華な残りもの食べられるし」

「そう。いいな、あそこの飯、うまいもんね」

「すぐ近くに銭湯もあって、けっこう快適」

なにを言えばいいのか、千歳はわからなくなった。このあと、団地に戻って話をしたほうがいいのだろうか。

「どうするんだろう、枝里」

一俊がつぶやいた。

「家、出ないといけないから」

都営住宅は子供が相続することはできないのを、千歳は思い出した。

10

団地の中学生が行方不明になっている、千歳が知っている子ではないか、と一俊から電話があったのは、枝里の母親の葬儀の二日後の夜だった。「カトレア」が休みの月曜日で、千歳は閉めた店の中で一人で食事をし、お茶を飲んでいた。

千歳はすぐに、自転車で団地に向かった。高層棟の前にパトカーが一台停まっていた。制服の警官も二人見かけた。広大な敷地はいつものように暗かったが、木々が風で鳴るのも団地全体がざわついているように感じてしまった。

四〇一号室に戻ると、一俊がドアを開けた。なにも変わったところはない、と千歳は反射的に思った。二週間前まで毎日帰っていた部屋と、なんの違いもない。座卓の上ではノートパソコンが開いていて、一俊がSNSなどを検索していたのがわかった。一俊は仕事から帰ってきたところを団地の入口で同級生の母親に呼び止められ、行方不明の件を聞かされたらしかった。話を聞いて、やはりメイだと千歳は確信した。

「まだ公開捜査じゃなくて、このあたりの人に聞いて回ってるところみたい」

家に帰らず、連絡がつかなくなって三日目だと言う。メイは、学校をさぼったり夜出歩いていたりはしたが、無断で外泊することはなかったらしい。

「連絡先聞いといたらよかったな……」

ファミレスでハンバーグを食べたあと、振り向きもせずに出ていったメイの後ろ姿を、千歳は思い浮かべる。あのときメイのスマートフォンに連絡を入れたのは、誰だったのだろう。

「もしかして、トンネルかな……」

ほんとうにそれがどこかにあって、見つけることができて入っていってしまったのか。それとも、見つからないそれを探し続けているのか。メイがトンネルの入口を探していたことを、一俊に再び話した。

「見に行ってみる？」

ためらわずに一俊がそう言ったので、千歳はかえって驚いた。

一俊のあとについて、千歳は団地の階段を下り、暗い歩道を歩いた。見回すと、なんとなく、明かりのついている部屋が多いように思った。階段の下で立ち話をしている人たちもいた。普段ならこの時間に外にいる人はほとんど見かけない。午後十時。

蟋蟀《こおろぎ》の声がそこらじゅうの草むらから聞こえた。何匹ぐらいいるのか、この団地の住人より多いに違いない。千歳は蟋蟀の大群が夜空を飛び回るところを思い浮かべてしまい、蟋蟀が飛べないことに安堵した。

駐車場を通り過ぎ、山のふもとの坂を下り、一俊はまったく迷うことなく歩いていく。そのあたりには、人の姿はまったくなかった。

自分も子供のころに住んでいた団地をこんなふうに歩けた、と一俊のすぐうしろをついていきながら千歳は思う。コンクリートの塀の上、金網のフェンスと自転車置き場の隙間。車止めの上だけを歩く、落ちたら爆発するなどとルールを作って一人で遊んでいた。怖がりだったから、こんな夜の闇の中で行動したことはなかったが。

急な坂を下って、谷のような場所に出た。道路と木々が茂る斜面を隔てるフェンスは、遊歩道が分岐する手前で斜面の上に向かって縦断する形に変わった。

葛《くず》や雑草の茂った斜面をかき分けて上ると、ずっと続いていると見えたフェンスは草むらの中で途切れていた。端を回り込み、できるだけ物音を立てないように進んだ。葛に足を取られたり、腰のあたりまで伸びた草が手に擦り傷を作ったりした。

近所の人か警官に見つかったら、疑われるに違いない。いやー、子供のころに遊んだトンネルが懐かしくってねえ、久しぶりに行ってみようかなあなんて、夜中のほうが気分出るじゃないですか、などと言ったところで見逃してくれはしないだろう。誘拐《ゆうかい》の嫌疑、さらには死体遺棄容疑？　連想式にその言葉が浮かんだとき、千歳は不意に怖くなった。あれこれ可能性を考えて不安になりつつも、家出というか、ファミレスに行ったときのような調子でメイは自由に行動しているんじゃないかと思っていたのが、事件に巻き込まれた場合の結果が急にリアルに思い浮かんだのだった。散歩しているうちに慣れてしまったが、昼間でも人が少なくて死角が多いし、ましてや夜は木々の暗闇が、見ているだけでも不安になる。自分もひったくりに遭ったばかりなのに、と後悔と悪い想像ばかりが押し寄せてきた。

「誰か入った跡がある」

一俊の囁《ささや》くような声が、闇の中に聞こえた。

「やっぱりあの子かな」

千歳も、声をひそめて返した。獣道のように、草が左右に分かれていた。その先の木が三本並んでいる下を、一俊は探り始めた。

「ないなあ。完全に撤去されちゃったかな」

周囲の草をかき分けて探したが、コンクリートで固められたというトンネルの入口は見つからなかった。ひときわ太い木の根元に、不自然に土が盛り上がっているところがある。積まれた枯れ草をどけると、穴が掘られた形跡があった。しかし、三十センチにも満たない浅さで、大きさもせいぜい直径五十センチというところだった。なにかが埋められている訳でもなかった。一俊は草むらの上にしゃがみ込み、千歳もその横に腰を下ろした。地面は少し湿り気があった。

「おれがここに引っ越してきてすぐのころにさ、人骨が出てきたんだよね」

千歳が「高橋さん」の手掛かりがないかとインターネットを検索していても、それに関する記事や画像は何度も見た。戦争中の人体実験に使われたものではないと区の調査は結論づけたが、再調査を求める声は根強くある。

「何十人か、百人分ぐらいあったのかな。あっちの、今は病院が立ってるところなんだけど。あっちにあるんなら、この辺も、って考えるよね。子供だったし」

トンネルの噂もその事件やこの土地の来歴と関係しているのだろう、と千歳は一俊の小中学生時代を想像する。千歳の通っていた小学校でも音楽室でピアノが鳴るとか体育館のトイレに子供がいるとか定番の怪談騒ぎは何度かあり、元は病院や墓場だったともっともらしいことを言う子がいたが、千歳の住んでいた街は埋め立て地で、小学校が建つ前はなにもなかった。

「なにか、見つけた?」

「なんも。だれも、なにも見つけられなかった」

「あの大きな建物ところやろ。全然そんな雰囲気ないよね」

青いタイルに覆われた巨大な箱のような建物は窓も少なく、外から内部を想像するのが難しい。重大な感染症が発生したら即あそこへ運ばれて完全に隔離されるのだと、「カトレア」の客から聞いた。いや実はすでに運ばれているのに事実が隠蔽《いんぺい》されているのだと話す客もいた。

「自分でも、記憶にある景色がほんとにあそこだったのかわからなくなる。トンネルの入口も、跡形もなさ過ぎて」

一俊は、地面の土を少し取って、ぱらぱらと落とした。暗闇でその土は、千歳には見えなかった。

「ときどき、人の頭の中が見えたらええのにって思うねん。考えてる内容とかじゃなくて、人の中にある記憶の景色が見えたらな、って。この団地ができる前も見てみたいし」

木造のモダンな団地と、その前の空襲で燃えてしまった風景と。勝男さんが探してる人のこともわかるし。

「その骨の人のも」

一俊が言った。

「埋まってた骨の人が生きてたとき、見てたものが見えたら、誰かわかるのにね」

骨は誰のものかわからないまま、どこに埋葬されたのだったか。誰なのか、なにがあったのか、明らかにされないまま、忘れられて、そのうちになかったのと同じことにしてしまうのだろうか。

千歳と一俊は、しばらくそこに座っていたが、土の水分がデニムにだんだんと浸《し》みてきたので、千歳は立ち上がった。

「あの子、どこ行ったんやろな……」

斜面の向こうに公園が見えた。だだっ広いグラウンドには当然人影はなかった。だが、公園には誰かいるかもしれない、と千歳は思った。ベンチか生い茂った木の下で、わたしたちのようにこの夜の空を見ている誰かがいる。そう思った。

四〇一号室に戻って、一俊がいれたコーヒーを飲んだ。この間まで毎朝飲んでいたインスタントコーヒーの味を、すでに懐かしいと千歳は感じた。カップの中の黒い円には、天井の蛍光灯が映っていた。

「もう遅いし、うちに泊まったら」

一俊の声に、千歳は顔を上げた。

「いや、泊まったら、は変か。ここ、千歳さんの家だから」

一俊の言い方は、先日のように気を遣っているようでもなく、いっしょに暮らしている者同士の距離の近さがあった。

「うん」

疲れていたこともあって、千歳はその夜は「カトレア」には戻らないことにした。千歳が先に風呂に入り、先に眠った。

翌日、会社の昼休みに、携帯電話にメールが届いた。連絡をしてきたのは、枝里だった。行方不明だった子は、高層棟の屋上につながる階段の踊り場で眠っていたのを、住人が見つけた。施錠してあって入れない場所になぜいたのかはわからない、事件性はないらしい、とメールには書いてあった。お礼のメールを送ったあとも、しばらくやりとりをした。枝里は片付けやら手続きやらに忙しく、結局ベトナムから帰ってこなかった直人の連絡は無視している、と書いてあった。

勝男が夜勤の間に家を抜け出した一俊がグラウンドの手前まで歩いてくると、カーブした道の向こうを黒い影が走ったのが見えた。猫、と思ったが、それよりも大きかった気もした。影が消えた先の斜面には、木が道路へ倒れかかるように伸び、雑草が茂っていた。暑い時期の勢いはなかったが、それでも行く先を塞《ふさ》ぐほどには伸びていた。

近づくと、その雑草が左右に分かれ、細い道があるのに気づいた。一俊は、その頼りない痕跡をたどって、草むらを進んでいった。

突然、腕をつかまれた。心臓が止まりそうなほど驚いたが声が出ず、振り返ったところにいた顔を見て、今度は叫んだ。

「うわあああ」

「うるせーよ」

つかまれた腕は、乱暴に放された。

「中村」

そこにいたのは、中村直人だった。

「なにやってんの、こんな時間に」

「おまえもだろ」

やはりトンネルがあるのだ、と一俊はわかった。もしあっても入ってはいけない、と注意されている、隠しトンネル。

「あっ、それ」

直人は、発売されたばかりの携帯ゲーム機を持っていた。

「いいなー。中村んちって、なんでも買ってくれるんだ」

「新しもの好きなんだよ、父さんが。見栄っ張りだし」

「中村の父ちゃんてなにしてる人?」

「会社員」

「なんの会社?」

「知らない」

直人は一俊の部屋やほかの同級生のところに遊びに来たが、一俊を含めて誰も直人の家を訪ねた者はいなかった。おれんちの親うるさいからと直人が言っていたのと、見栄っ張りでゲーム機や目新しいものを買うことと、直人の棟のエレベーターホールで一度だけ見かけたスーツ姿の父親の妙に明るい笑顔とが、一俊の頭の中ではうまく結びつかなかった。直人はクラスでいちばんの成績で優等生だからなんでも買ってもらえるのだろうと今までは思っていたが、違うのかもしれない。

直人が進んだ先、木の脇の斜面に、マンホールの蓋を大きくしたような鉄製の丸い扉があった。一俊は別の同級生からもその存在は聞いていたが、皆、開けられないと言っていた。直人が言った。

「それ、開け方があるんだ。おまえにだけ、教えてやるよ」

「なんで?」

「おまえはさ、ここにずっと住むんじゃないんだろ」

暗闇の中で、遠くの街灯の光が直人の黒い目に反射してわずかに光った。

「すぐどっか行くんだろ」

「わかんないよ。このままかもしれないし」

一俊は、両親が働く温泉町を思った。そこに住む自分は想像できなかった。勝男が圭子と電話しているのを横で聞いていた感じでは、両親が東京に戻れる日は遠そうだった。

直人が鉄板の横から手を突っ込むと、ことという音が二回鳴った。それから、一俊も手伝うように言われて鉄板を持ち上げると、開いた。直人が懐中電灯でそこを照らした。身長が百五十センチほどの一俊でも屈《かが》まなければならない高さの横穴は、奥行きが三メートルほどあった。コンクリートで固められた穴の中には、新聞紙と段ボールが敷いてあった。ときどき来るのだと直人は言った。

「もしおれがいなくなったらここで死んでると思うから、探さなくていいよ。誰にも言うなよ」

直人に唐突にそう言われて、一俊はどう返事をしていいか思いつかなかった。冗談という感じはしなかった。暗闇の中で無表情にゲーム機の画面を見つめる直人のとなりでしばらく手持ちぶさたにしていたが、思いついて言った。

「死ぬくらいだったら、おれの父さんと母さんがいるとこに行けばいいよ。温泉あるし、釣りもできるし」

「釣り？」

「おれんちもさ、一家心中の危機だったんだ」

「へえー」

直人は、ゲームから目を離さなかった。その日は、一時間ほど二人で交互にゲームをして、家に帰った。

中学に入って半年後、直人は行方不明になった。三日後に保護された場所は、一俊の両親が暮らす熱海のゲームセンターだった。


千歳は、メイが見つかった日から、会社の帰りに団地に寄った。「カトレア」でのアルバイトがない日には、帰宅後ともう少し遅い時間の二度、団地の中を歩いた。それから「カトレア」に戻った。

メイが見つかってから一週間後の火曜日、午後九時ごろに団地内をうろうろしていると、ピンクのパーカを見つけた。最初にメイに会った高層棟の前だった。千歳が声をかける前に、メイが気がついて、千歳に向かって歩いて来た。

「元気?」

千歳が聞くと、メイは不機嫌そうな顔で答えた。

「目立っちゃって、外歩けないよ」

「大変やね。でもテレビとか出なかったからよかったよ。テレビなんか出たらほんとうにもうすごいことになるから」

「出たことあるの?」

「ない」

「なんか事件起こしてみれば」

メイは、そう言って少し笑った。テレビに出るほどの事件とはどのようなものかと、千歳が答えに迷っていると、メイが言った。

「高橋さんていうおじいちゃん、いたよ。話しかけられた」

「ほんとに?」

「だいじょうぶかい、って。声かけてきたの、その人だけだった」

メイが家出一日目の朝五時ごろに山の近くを歩いていると、散歩をしていた年配の男が声をかけてきた。

「だいじょうぶかい、こんな時間に」

「朝練なんです」

「そうかい。近頃の子は忙しいんだな。なんだか、もっと遠いところに行こうとしてるような顔だったから」

白髪で目が大きくて、けっこうさわやかな感じ、とメイは形容した。千歳に聞いたことをふと思い出して、聞いてみた。

「おじさん、なんていう名前ですか」

高橋、と答えたその人は、がんばりな、とほほえんで歩いていった。一度はその場を離れたふりをして、メイはその人の行く先を確かめた。入っていった棟は、千歳が「高橋さん」のあとをつけたときと同じだった。

「ほかになにか話したん？」

「べつに、それだけ」

「そう。ありがとう」

「じゃあハンバーグおごってよ」

千歳を見るメイの視線の角度が違う、と千歳は気づいた。最初に会ったときに比べて、背が伸びたのではと、千歳は思った。背が伸びる、体が成長するなんていうことは、ながらく忘れていた。メイは、左右を確かめるように視線を動かしたあと、ぼそっと言った。

「わたし、ほんとにトンネルに入った」

「いつ？」

メイが口を開きかけたところで、高層棟の一階から出てきた女が、メイ、と呼んだ。

「お母さん？」

メイは、それには答えなかった。女は、続けて大声で、時間がないから、と言った。はっきりとした日本語だった。

「じゃあね」

「ちょっと待って、わたしの連絡先を」

離れかけたメイに、千歳はメモを渡した。メイに会ったときのために、書いて持っていたのだった。

「ハンバーグ、いつでも、どれでも、ご馳走《ちそう》するから」

メイは千歳をじっと見たが、頷くことも返事をすることもなく、歩き出していた女のあとを追った。

千歳はそれから数日はしょっちゅう携帯電話を確かめた。一週間後に、メイから送られてきた画像はおそらくメイの部屋からと思われる高層階からの眺めで、千歳の住む棟が端に写っていた。ありがとう、と返信したが、そのあとはなにも返ってこなかった。

土曜日は、団地にある小学校で行事があり、朝から子供の声と音楽が風に乗って聞こえてきた。

勝男が圭子に付き添われて団地に戻ってきたのは、お昼前だった。駅からタクシーに乗ってきて、団地の入口まで一俊と千歳が迎えに出た。

「おおげさなんだよ、三人がかりで」

勝男がいやがるので、千歳たちは距離をとって、世間話をしながら歩いた。勝男の歩行はぎこちなさがなくなり、速度も少し改善されていた。懸念していた階段も、圭子の住む団地の外階段で練習を積んだ成果で、ふらつくこともつまずくこともなく、一度も休まずに四階に着いた。しかしそれなりに疲れたようで、千歳が出した冷たいお茶を勝男は三杯続けて飲んだ。圭子は窓際に立ったままだった。

「狭いわねえ。四人もいると」

「すみません、わたしの荷物が……」

「昔は四人や五人の家族がたくさん暮らしてたけどねえ」

「今は物が多いんだ。昔はオーバーなんかも一枚きりで何年も着てたじゃねえか」

「お父さん、けちなんだもん。わたしだけいっつも同じ服着てて、恥ずかしかったわ」

「けちじゃねえだろ、無駄遣いしねえんだ」

「じゃあ、わたし、佐藤さんとこ行ってくるから。あとは、あなたたちでよろしくね」

圭子は、高校の同級生に連絡していて、彼女の実家で会うことになっていた。勝男が千歳と約束があるとわかっていて気を遣ってくれたのだと、千歳は気づいた。

「高橋さん」の住む棟へは、千歳と勝男の二人で向かった。

エレベーターを降りて廊下へ出ると、新宿の街が見渡せた。天気はよく、空の青さが目にしみた。手すりのところから外を覗いて、勝男は自分で納得するようにつぶやいた。

「ああ、そうだ、こんな景色だった」

高層階は、風があった。

「しかし、古くなったな。おれもこんなだから、仕方ねえか。上から見ると、木がすげえなあ。山みてえだ」

高い場所に慣れていない千歳は、下を覗くと軽く目が眩《くら》んだ。

部屋番号を確かめ、水色に塗られたドアの前に立った。勝男は表札を見上げた。千歳は、緊張を感じながら呼び鈴を押した。

「はーい」

ドアの横の窓越しに、声が聞こえた。男の声だった。水色のドアが開いた。「高橋さん」が現れた。まぎれもなく、千歳が山からあとをついていって、この棟のエレベーターにいっしょに乗った「高橋さん」だった。

「どちらさんですか」

そう聞いたのは、勝男だった。

「は？」

「高橋さん」は、戸惑った声をあげた。千歳は思わず、「高橋さん」と勝男の顔を見比べた。

「高橋さん、ですよね」

「そうですが」

「違うよ」

勝男が、千歳に向かって言う。「高橋さん」は、ますます困惑し、眉根を寄せた。

「すみません、高橋征彦さんですよね」

「高橋は高橋ですが、そんな名前ではありません」

「そうだよ、違うよ」

「えっ、ええっ？　すみません、わたしは、彼の孫の配偶者でありまして、彼は、日野勝男さんというのですが、昔知り合いだった高橋征彦さんを探していまして、それをわたしが代わりに探すことになってですね、高橋さんがその高橋さんだと思ったのですが、人違いだったようで、あの、すみませんでした」

「はあ」

「悪かったな。この人も、一生懸命やってくれたんだ。勘弁してやってくれ」

「はあ、まあ」

高橋さんは、それでも、拒絶する感じはなかった。そして少し考えるような表情をしたあと、言った。

「その人って、わたしと同じくらいの年ですか？」

「あんたがいくつか知らないけど、そうだな、今は八十にはなってるか……」

「二つ上の階にも、高橋さんが住んでたんですよ。確かお名前もそんなような」

「いつまで……」

「亡くなられました。もう二十年近くになるんじゃないでしょうか」

「……そうか」

勝男は、大きく息を吐いた。

「そうか。悪かったな、急にいろいろと」

「引っ越されて、そのあとすぐに亡くなられたと聞きました。挨拶程度しかおつきあいもなかったので、お役に立てませんが」

「いいや。ありがとう」

「……ありがとうございました」

千歳は大きく頭を下げた。

エレベーターに乗っている間、勝男は無言だった。ドアの窓に、八階、七階、六階が同じスピードで順に現れては上昇して消えていった。棟を出て、遊歩道を歩き出してから、勝男は口を開いた。

「あんたも、巻き込んだな。悪かった」

「こちらこそ、完全に思い込んでしまってて、すいませんでした。わたしは、とても楽しかったですから」

自分の言葉の響きが状況にあっていない気がして、千歳は慌てて付け足した。

「楽しいっていうのは、その、団地の中を歩いたり、高橋さんのこと想像したり、そういうのなんですけど」

言いながら、少し違う、とわかっていた。わたしは実際楽しんでいた、野次馬気分で、この団地の人たちの暮らしを垣間見るのを。

11

バイオリンの音が、再び鳴り始めた。

隣の家の窓にも明かりが灯った。カーテンの黄緑色が浮かび上がった。バイオリンが演奏する曲は、さっき聞こえていたのとは違っていた。

「きれいな音ですね。でも、悲しい曲だ」

勝男は、窓を見た。オレンジ色のカーテンは、花の模様があった。

「ええ」

彼女は、言った。案外にはっきりとしたその声の響きに、勝男ははっとした。返事があるとは思っていなかった。彼女の顔に視線を移して、どこかで見たことがある、と勝男は気づいた。だが、思い出せなかった。

「すみません」

自分でもなにを謝ったのかよくわからなかった。彼女は、窓のほうを見たままだった。

「昔、レコードがうちにあったわ。みんな、焼けてしまったけど」

「そうですか。うちも、焼けました」

彼女はしばらく、黙って窓を見つめていた。

人影が映っているわけでもなく、バイオリンを演奏している人がほんとうにこの中にいるのだろうか、と勝男はふと思った。しかし、レコードならば間違えたり、同じ箇所を繰り返したりするはずはない。

どこからか、野菜を煮ているにおいが漂ってきた。かすかに、ラジオの声も聞こえる。不思議と、人の話し声は聞こえなかった。

曲が途切れ、しばらく待ってももう鳴らなかった。ひときわ冷たい風が吹き抜けた。

「それでは」

彼女は軽く会釈をして、勝男のそばを通り過ぎようとした。

「バス停まで、行かれるんですか」

とっさに、勝男は言った。

彼女は、警戒を込めた目で勝男を見た。

「暗いから、ご一緒します」

彼女は、答えなかった。

「離れて歩きますから」

滑稽だ、とうわずった自分の声を聞いて勝男は思った。間抜けな男だ、と。

「そうですか」

彼女はようやく言って、歩き出した。勝男は、言ったとおりに二メートルほど間をあけて、ついて行った。両手に提げた冊子を届ける先とは逆の方角だった。

整然と並んだ区画が続いた。暗い中に、同じ形の四角い家が次々と現れる。写真で見た外国の街のようだ、と勝男は思う。実際、この団地の家はアメリカ軍の払い下げ資材で作られたそうだし、今、ここは占領下なのだ。

角を曲がると、子供の声が聞こえた。それにラジオからの音楽。流行歌の女の声。魚を焼くにおい。前をゆく彼女も、左右に並ぶ家を気にかけていた。

バスの通る道には、ほどなく出た。少なくとも、勝男はそこまでの時間をとても短く感じた。バス停には、四、五人が並んでいた。

砂埃《すなぼこり》を巻き上げて、バスはすぐにやってきた。ちくしょう、と勝男は胸の中でつぶやいた。

「さようなら」

彼女は、振り返って言った。

「さようなら」

勝男は、すぐに続けて言った。

「ありがとう」

彼女は微かにほほえみ、満員のバスに乗り込んでいった。

一週間後、勝男は社名入りの日めくりを届けた得意先で、彼女を再び見つけた。廊下を通り過ぎようとする彼女を、呼び止めた。

「あの、すみません、あの」

彼女は立ち止まって、怪訝《けげん》そうに勝男をしばらく見たあと、

「あら」

と目を見開いた。ああ、こんな顔の人なのだ、と勝男は思った。夜の道で会ったときは、さびしげで、張り詰めた印象が強かったが、こうして人々が動き回っている明るい場所の彼女は、そばにいる人も姿勢を正したくなるような快活さと聡明さに溢れていた。白いブラウスに、長いスカートでさっそうと歩く彼女に、勝男は見とれた。

高橋詠子《えいこ》は二十三歳で、その事務用品の卸会社に勤めて三年目だった。勝男は二十歳になったばかりだった。戦争中に父は船の事故で、兄は結核で死んで、空襲で崩れた家屋の下敷きになって大けがをしながら生き残った母も二年後に病死した。間借りしていた母の

知り合いの家の物置を出なければならなくなり、半年ほど路上生活を送った。小学校の同級生の兄が部屋に置いてくれ、日雇いの仕事ができるようになった。同級生は終戦直後に事故で死んでしまっていたから、その兄は勝男を弟のように思ってよくしてくれた。彼のつてで印刷会社に職を見つけたのは、半年前のことだった。そしてようやく、下宿に落ち着いたところだった。

勝男は、詠子の勤め先に納品に行くのは終業間際にして、帰りに彼女と話すようになった。

いつもたわいもない話だった。勝男は仕事先などで誰かの失敗談や奇異な話を聞いてきては、少々大げさに詠子に話した。詠子は、やっと明るい声で笑い、こんなふうに楽しいのは久しぶり、と言った。

暖かくなってきたある日、詠子の勤め先がある新宿から靖国通りを東へ歩いていると、終戦間際に立川の工場から帰る列車が止まって、みんなで荻窪から歩いて帰ってきて同じ道を通ったときのことを、詠子は話した。

「あのときは、もう桜なんて見ることもないと思っていたわ。家の近くの立派な木も燃えてしまっていたから」

詠子は、二人の弟を大学に通わせるために働いていた。ほんとうはわたしも大学に行きたかったのだけど。フランス語の小説を読みたかったの。内緒よ、と言った。なぜ内緒なのか、勝男にはわからなかった。

勝男も金がなかったので、詠子と会うのはたいてい公園だった。都電を終点まで乗って帰ってきたり、山手線を三周したこともあった。そしていつも、ただしゃべるだけだった。結婚してほしい、と勝男が詠子に告げたのは、夕闇の道で出会ってから半年後のことだった。日曜の公園のベンチだった。五月なのに真夏のような陽気だった。

そのとき、詠子は、虚を衝《つ》かれたような顔をした。そして、穏やかな表情になって、うれしいわ、と言った。でも、と言った。

詠子の父親は、陸軍の将校だったが、戦地で右腕を失い、右足も不自由になった。ほとんど家から出ず、いちばん奥の座敷で狭くなった庭を一日中眺めていた。来客も断っていた。今の自分の姿を人に見せたくないらしく、いつも苛立っていた。弟二人は、親戚のいる京都で大学と高校に通っていて、家には母親と中学生の妹がいた。兄もいたが中国で戦死していた。両親が反対するのはわかっている、と詠子は固い声で話した。

勝男は、市ケ谷の高橋家を訪ねた。その周辺だけが焼け残った区画で、路地に入ると目に映る風景は戦争がなかったかのように昔のままだった。元は詠子の母方の親戚が住んでいた家で、建物自体はこぢんまりとしていたが門のすぐ内側に黒松が植えられた趣のある家だった。詠子が予想したとおり、勝男は門前払いを受けた。父親は姿を見せず、母親が玄関先で追い返した。三度目に訪れたとき、母親は、あなたなんて本来はうちの娘と口を利くこともできないはずだ、身の程をわきまえなさい、と冷ややかに言い、勝男に水をかけた。

詠子は母親を止めたが、どこかあきらめたような悲しい顔つきだった。それでも母親は、身寄りもなく死んだ両親も商売を転々としていたような家の人間と結婚など絶対に許さない、と言い続けた。お父さまもそうおっしゃっている、と。

詠子の外出に対して両親が咎《とが》めるようになったので、勝男が詠子に会うのはたいてい勤め帰り、詠子の職場から遠回りして歩く一時間ほどだけになった。勝男は、詠子が目の前にいても、心がどこか遠いところにあるように感じることがあった。それは、結婚の話をする前からだった。上の空、というわけではなく、詠子が空気でできた壁の中にいると、ときどき思った。だから、家を出て二人でやっていこう、とは言い出せなかった。

しばらくして、勝男の下宿に詠子から電話があった。詠子から電話がかかってきたのはそれが初めてだった。土曜日の午後に会いましょう、と詠子は喫茶店を指定した。その店では、詠子は勝男に、近頃庭に出入りするようになったどこかの家の黒猫のことや同僚が脚の骨を折ったことなんかを話した。

土曜日の午後二時、喫茶店を出て歩いた。坂を上ったり下ったり、話さなければならないとわかっている言葉を先延ばしするために、目的の場所もなくただ歩き続けた。

そうして神田川に出た。橋の上で、詠子は、二人の弟に大学を卒業させ、中学生の妹が高校を出て結婚するまで、家を出ることはできない、それが自分のつとめだ、あの家を支えるのは今は自分しかいない、と話した。泣いたりはしなかった。自分が決めたことだ、とはっきり言った。勝男は、黙って頷いた。

勝男が詠子と別れたのは、神田川にかかる橋の上だった。川岸の木々は青い葉を茂らせ、木漏れ日が川面に落ちていた。木は伸びるんだな、と勝男はその明るい緑色を眺めた。そのあたりも、戦争の終わりのころには焼けた家の残骸や幹の焦げた木ばかりだった。

詠子も、木を見ていた。

風で木の葉が揺れ、その音があたりを満たした。小さな葉がたてる小さな音が、何千にも何万にもなるとこんなに大きく響くのか、と、勝男は妙に感心した。川面に反射した光が、詠子の頰を微かに照らしていた。その横顔を忘れるまい、と勝男は思った。

そこは、面影橋という名の橋だった。その文字の並びを見るとき、詠子の横顔と同時に、戦争の終わりのころの瓦礫が転がる荒野のような風景を、勝男は必ず思い出した。

それから二年経ったころ、勝男は仕事で回る先の工場長に、親戚の娘を紹介された。その工場で働く二十歳の子で、和子《かずこ》といった。空襲で両親と妹を亡くし、遠縁の家に身を寄せていた。和子自身も、機銃掃射《きじゅうそうしゃ》を受けたときの傷が首元にのぞいていたし、片耳が聞こえなかった。おっとりした気立てのいい娘だった。

一年して和子は子供を産んだ。大変な難産で、その子は生まれてまもなく死んだ。和子も昏睡状態になり、目を開けないまま三日後に死んでしまった。子供は女の子で、和子と考えていた名前で出生届と死亡届を出した。

それからは、勝男はひたすら働いた。ほかにすることがなかった。仕事が終わると、高田馬場やときには新宿へ飲みに行った。年の瀬の慌ただしいころだった。三度か四度訪れた新宿西口の焼き鳥屋で、前にも見た覚えのある店員の女に目を留めた。女は、しきりに周りを気にするような、なにか不安げな目をしていて、気にかかった。前はやたらと声が大きくうるさいくらいだと思ったのに、ずいぶん印象が違ったからだった。ちょうどその女が勘定をしたので、店が引けたら飲みに行かないか、と言ってみた。

「なあに？　酔っ払いにはついていかないよ」

女にはさっきまでの暗い表情はなく、聞き覚えのあるはすっぱなもの言いで釣り銭を返した。

翌週、勝男は再びその店を訪れた。年内の営業は最後という日だった。もう一度、女を誘った。店が終わるころに前を通ってみると、ちょうど女が出てきた。女は面倒そうな顔をしたが、酒を飲まないなら、と条件をつけた。二人でしばらく歩き、屋台で中華そばを食べた。女は花江という名前だと教えた。食べ終わってまた歩き、その間に、花江が結婚できない相手の子供を妊娠していて、知られたくないから横須賀の実家にも帰れないことを、勝男は知った。

おれはその子供を育てたい、と勝男は言った。聞いた途端に、花江は笑い出した。あんた、なに言ってんの。そんな冗談で、女がよろこぶとでも思ったの。勝男は、笑わずに同じ言葉を繰り返した。おれはその子供を育てたい。

それから、圭子が生まれて、二人は神田川の近くのアパートに移った。勝男は、この団地が建設されるのを見ていた。そして、高倍率の抽選に当たって住み始めたここで、知り合った男が詠子の弟だったと、勝男は言った。それが、高橋征彦だった。

勝男が一傻に話したのは、いつ誰に会ってどうしたということだけ、時間にすればほんの四、五分のことだった。

「弟さんには、おれがその人を好きだったことは知らせたくなかった。たぶん、あの人も知られたくないだろうと思って。部屋の前であの人の姿を見かけたあと、やっぱり関わらない方がいいと思って、けど、写真は捨られなくてなあ。あの人の姿が、汚れたり燃されたりするのを想像すると、なあ、無理だろ、そんなこと。それで、弟さんのとこ行って、絶対開けないで預かっててほしいって頼んだんだ。なんだか気のいい、素直なやつだったんだよなあ。あの人がだいじにしてた弟だもんな、いいやつに育ったんだ。おれがそんなわけわかんないこと頼んでも、わかったよ、って理由も聞かねえで。そのあと顔を合わせても挨拶するぐらいでだんだん見かけることもなくなって、もう会わないつもりでいた。なのに、自分が死ぬのが近いと思ったら、なんか話したくなったんだろうな。けど、弟さんは麻雀で二、三回いっしょだっただけで、部屋もわかんなくなってた。それで、この人に頼んだってわけだ。あんた、なんか反応が感情的じゃないっつーか、おれの話してもへー、へーつって他人事って感じで、カズ坊にも言わねえだろうし、適当にやるだろうと思ったからさ」

お茶もカステラもすっかりなくなっていたので、千歳は熱いお茶をいれなおした。

「だいたい当たってますね」

「そうだろ。おれは人を見る目があるんだ」

「それは見る目とは言わへんような」

「じゃあなんだよ」

「なんですかね」

「わかんねえのか」

「……そういうふうに会話すればいいんだ」

一俊は、感心してメモでも取りそうだった。

外は静かだった。昼間は普段よりにぎやかだった分、いっそうなにもないような静かさだった。今晩は虫も鳴いていなかった。

「箱に入れたのは、あの人の、たった一枚だけの写真。あんたに見せてやりたかったよ。きれいな人だから」

勝男は、座卓の上に置いた手で箱の形を示した。両手に収まりそうな、小さな箱だった。

「それから、指輪も入ってたんだけど、それはたまたま拾った、誰のかわからないものだ。まあ、その話はまた今度な」

千歳と一俊は、頷いた。

「花江は、おまえのばあちゃんはな、楽しい人だったな」

「会ってみたかった」

一俊は、湯気の立ち上るお茶を飲まずに見ているだけだった。千歳は、一俊がその祖母に会ったことがないことを、この時初めて意識した。

「花江がいたらな、とは、今でも思うよ。もう四十年経つけど、死んで悲しいって気持ちは全然減らねえもんだな」

勝男は、なにかを探して部屋を見回した。あ、と一俊が立って、台所の引き出しにしまっていた灰皿を持ってきた。ようやく煙草が吸えて落ち着いた勝男に、一俊が聞いた。

「なんで母さんには隠すの？」

「娘にそんな話できるかよ。照れくさいじゃねえか」

聞いた途端に、一俊は笑い出した。

千歳は、一俊がこんなふうになんの気負いもなく笑うのを聞いたのは、もしかしたら初めてかもしれない、と思った。

暗くなり始めてから、圭子が戻ってきた。同級生は今は松戸に住んでいて介護施設で働くかたわら、休日は趣味のキャンドル製作に熱中しており、ときどき近所の人や知人に作り方を教えている、ということで水色や紫色がグラデーションになったキャンドルを十個ももらってきていた。

帰り支度をして部屋を出て、向かいのドアを叩いた。川井さんは、勝男を見て意外なほどに驚いた顔をした。うれしそう、と勝男の後ろで千歳は思った。

「近いうちに戻るんで。あんたは、隣が若い人のほうがいいかもしらんが」

勝男が言うと、川井さんは勝男と千歳を見比べながら言った。

「千歳さん、ちょっと落ち着きがないけど、話し相手になってくださって、ずっといてくれたら助かるわ」

「こんな古くさいとこでこんなじいさんと暮らしたら老け込んじまうだろ。早く新居に移ってもらわねえと」

「それもそうね」

圭子がキャンドルを差し出したが、川井さんは娘からろうそくは危ないから使うなと言われていると断った。来たときと同じ、団地を出たところの交差点から、勝男と圭子はタクシーに乗った。

部屋に戻ってから、千歳はしばらく窓の外を見ていた。棟と棟の間の道は、ずっと見ていても誰も通らなかった。風呂から上がってきた一俊に、千歳は言った。

「わたし、余計なことしたような気がする」

座卓の上は片付けたので、数時間前までそこに勝男がいた形跡は残っていなかった。勝男は今日ほんとうにここにいたのだろうか、と千歳はふと思った。

「勝男さん、ほんまはすごい残念やったんちゃうかなあ」

バスタオルで髪を拭いていた一俊は、千歳のそばに座った。

「千歳さん」

千歳は、一俊を見た。

「おれは、千歳さんとこの先もいっしょに暮らしたい。もし、このまま離れたら、おれは一生後悔するし、じいちゃんみたいにずっと写真を隠しておく人生になる」

「わたしの写真なんか撮ったっけ」

「そんな問題じゃない」

「ごめん」

「それはおれの気持ちで、おれだけのことで、千歳さんの気持ちは考えてないのかもしれないけど、おれはそう思ってる、と言いたい」

今までに聞いたことのない強い口調、と千歳は思った。いや、違う。結婚しないかと言ったときも、こんなふうに強かった。一俊の目を見つめて、千歳は言った。

「信じるっていうのは裏切る可能性も含めて信じることやって、高校のときに国語のテストの問題文に書いてあって、誰の随筆やったか探しても見つからへんのやけど」

「うん」

「でも、裏切るっていうのもなんかようわからへんよね。自分が期待してたのと違うってこと？　それって、勝手に当てにしてるってだけかもしらんし」

「うん」

「わたし、人ってよくわからない。想像しても、自分以外の人の気持ちはわからないし、生きてるってことも、死ぬってことも、どういうことなのか、よくわかってない」

一俊は怪訝な表情になり、千歳も自分がなにを話しているのだろうと思っていた。

「テレビドラマで見てるのと、変わらへんねん。他人事で、おもしろがって、覗き見したいだけ。勝男さんのことも、メイや、たぶん、枝里さんのことも」

メイから実際に家庭の事情を打ち明けられたり、枝里に、たとえば引っ越し先や仕事について相談されたりしたら、面倒に感じるだろうと、千歳は思っていた。自分の興味で、あれこれ気にしているあいだはいいけれど。

「それ以上のことは、めんどくさいし、しんどい。人に関心もたれるのも、なんか不安になる。期待にこたえられないから。だから、一人のほうがいいと思ってた」

少し、沈黙があった。

「うん。そんな感じがしたから、いっしょにいたい、結婚したいと思った」

一俊が言った言葉がどういう意味なのか、千歳は正確にはわからなかった。ただ、一俊の中ではなにかしら筋の通った理由があるのだとは理解した。それに比べて自分には、一俊と結婚したことについて、自分自身にさえ説明できるような理由がないように思った。

その夜は、千歳は「カトレア」に戻ることにした。一俊が自転車を押し、千歳が隣を歩いた。

夜の歩道は、店の前だけが明るかった。「カトレア」からはにぎやかな声と、誰かが歌う声が聞こえてきた。

12

日曜の朝、「カトレア」の二階で千歳が目を覚ますと、中村枝里からメッセージが来ていた。昼頃に店に来る、と書いてあった。

その日は「カトレア」で二度目の料理教室が午後に開催されることになっていた。きっとまた料理が余ると思うから、とあゆみが枝里に連絡したのだった。

枝里は昼前にやってきて、店の開店準備を手伝った。枝里は手際がよく、しかも話しながらでも手を止めずに作業を進めていくので、千歳は感心した。

枝里は、床を掃いたりテーブルを拭いたりするあいだに、家族の話をした。

「兄は、家の中、とにかく家族がいる場所では、父と母が決めてたこと以外はなにもできなかった。うちの親が最初から決めてたこと、父ができなかったことを息子にはさせてやるんだってあれこれ計画してたこと、幸せな家族として父と母が考えていたこと。大学に行くために勉強するっていうのはもちろんだったけど、キャッチボールとか夏は必ず家族旅行で山に登るとか、言葉で聞くと、夏休みのいい思い出みたいな感じなんだけど。特撮映画なんかも絶対父と兄の二人で見に行ってたし、最新のゲームも仕組みを考えるのは頭にいいからって買ってくれて、他の友達にうらやましがられてた。塾もこの辺ではいちばん評判いいとこに行って、母がお弁当作って持たせて。わたしにもそれは当てはめられたけど、女の子だから、って、最初から期待されていないとこがあって。それはそれでひどい話だけどね。現に、女の子だから、わたしは家から出られなくなってしまったわけで。兄は、女の子だからって自分とは違うことができるわたしを、許せないこともあったんじゃないかな。わたしも、兄と父と母のあいだでなにがどうだったのか、全部は知らない。父や母の兄への態度や自分たちに都合のいいことしか受け入れない言葉はずっと怖かったけど、家出するとか死にたいとか、そこまでのことには見えなかった、正直言って。わからない。わからないから、兄妹だけど、仕方ないこともあるのかな、って思うようにしてるけど、わからないよね、ほんと」

準備が終わったころにちょうど、あゆみがエミリ夫妻とともに、食材の入った箱を抱えて店に入ってきた。彼らのまとう華やかな明るさで古くさい店内の壁や天井もセンスの良いもののように見えてくる、と、一度目の料理教室の時と同じように千歳は思った。

受講生たちも次々にやってきて、「カトレア」は、いつもの仕事帰りのちょっと疲れた人たちがだらだらとしゃべりながら飲んで帰る場所とは別の店のようににぎやかになった。前回来ていたエミリのファンも二人いたし、ＳＮＳ経由で知ったという若い女の子も三人来ていた。人参と玉葱を多く使ったミートローフを焼いているあいだに、宿の向かいの畑から今朝収穫してきたばかりだという洋梨のパウンドケーキが準備された。オーブンを使わずに鋳物《いもの》鍋やフライパンだけでできるというのが今日の料理教室のテーマで、エミリとリョウジが冗談を交えながらコツを解説していた。

二時間ほどで、さらにチコリのサラダとサツマイモのみそ汁が完成し、食事会へと移った。今回は、店中のテーブルを集めて一つにし、千歳や枝里もいっしょに料理を囲んだ。少し塩気が強かったが、料理はどれもおいしかった。食卓の中心にいるエミリ夫妻は、受講生たちの賞賛を受け、自信に満ちた口調でしゃべっていた。

「これからは、こんなふうに自分たちの手でなにかを作ることが価値になると思うのね。あゆみちゃんがうちの店で働いてたころなんか、ブランドがついているもの、人が持ってないものを探して買ってくるかってことをみんな競ってた、本当にばかな時代だったんだけど、そんなの長続きするわけないよね。自分たちで、自分の手で野菜や土や水を触って確かめながら、自分たちの暮らしにふさわしいものを選ぶ。それが豊かなことだって、世の中の人も気づきだしてる。この先、日本は貧しくなっていくけど、つつましくなった今のほうが心を育てるチャンスなの」

受講生の女性たちは、ミートローフをほおばりながら、しきりに頷いていた。

千歳は、満足そうに話すエミリの顔をじっと見ていた。ミートローフはうまく飲み込めなかった。隣で枝里は、つまらなそうにミートローフを切り分けていた。

千歳は、グラスの水を飲み干した。

「あの」

にぎやかな声に紛れてしまったので、千歳はもう一度言った。

「あの、ですね、わたし、その景気がよかったっていうときには中学生だったから、たくさんお金使えてたわけじゃなし、むしろお金があったらあれもこれもできるのにって思う毎日だったんですけど、それでも恩恵受けてたっていうか、ラッキーだったんじゃないかなって、このごろ思うんです。この店で話を聞いた人は、たいてい、世の中は浮かれてたけど自分には関係なかったって言って、直接っていう意味ではたぶんその通りで、お金で人生がおかしくなるとか、ばかなこと、悪いこともいろいろ見てきてうんざりしてるとは思うんです、うちの近所も地上げでひどい事件があったし。だけど、その時期に今まで見たことなかったような映画も展覧会もたくさんやってて、自分は行けなくてもなんかそういう楽しそうな、おもしろいことやってる人がいるのは感じてて。ああいうことやってみたい、いつか自分もできるのかもって思えたし、中学生が一人で本屋で立ち読みしてても、なんかすごい高揚感があったんですよ」

　エミリは、大きな目で千歳を見つめて、うん、うん、と相づちを返し、それから、言った。

「だから、そういう時間を、経済的な裕福さを追いかけるんじゃなくて、心の豊かさがあればいいって、わたしたちは気づいたってことよ。あなたが言ってるのと違わないと思うけど」

「うまくいえなくて、すみません。でも、今、自分が若い人たちにそんな楽しみを作れてるかというと、まったくそうじゃないから、受け取ったものを返せてないのが申し訳ない、みたいなことを思うんですよ。昔がよかったとか戻ってほしいとか思ってないし、わたしは自分の生活の中で楽しみを見つけてやってきましたけど、そのことと、だからこの暮らしで十分でしょ、これから世の中は厳しくなっていくんだ、って若い人たちに求めるのは違いますよね。それに、今の高校生って条例でレイトショーも行けないし、就職活動の服装もわたしのときはまだグレーやベージュでもよかったんですけど、今は黒一色じゃないですか」

　なんとか説明しようとうろうろする自分の言葉を聞いていると、千歳は、自分だって

「今の若い人」のことを勝手に判断しているだけに思えてきて、語尾が弱くなってしまった。

「そうなのよ、今の子たちって個性がなくて息苦しそうよね。だから少しでも、今の子たちに豊かで自由な心を持ってほしいのよ。わたしたちみたいな失敗を繰り返さないために」

「お金があったことって失敗なんですか」

そう言ったのは、枝里だった。枝里と同年代か少し年下の受講者たちが、いぶかしげな視線を枝里に向けた。エミリは微笑みを崩さなかった。

「お金さえあればなんでもできるとか、とにかくお金儲けをしたいっていうのは心が貧しいことじゃない？」

枝里も、にっこりと微笑み返した。

「きっとそうなんでしょうね。明日のことや家族のことを心配しなくていい、ほどよいつつましい暮らしって、いいんでしょうね」

エミリはどう受け取っていいかわからなかったようでなにも答えなかったが、それを表情に出さないようにしていた。

「わたしは」

前回も来ていたエミリの著書のファンの女性が、少し緊張した声で話し出した。

「わたしはエミリさんの宿に泊まりに行って、ほーんとになんにもないところなんですけど、そのなにもなさがほんとうのしあわせっていうか、本来人間ってこういう体ひとつで生きていくものじゃないかって思って、だから、来月で会社辞めて、ニュージーランドに行くんです。叔母が住んでいて子供のころにも遊びに行ったことがあるんですけど、人間より羊のほうが多いみたいなとこでなんにもないのにって叔母は笑うんですけど、たぶん、忘れてしまったほんとうの心を取り戻せると思うんです」

「いいなあ」

「遊びに来てください」

「わたしも、このまま仕事続けるかどうか悩んでて。契約社員から正社員になったら、急に残業ばっかりになってしかも手当は付かないっていう」

「そんな話、よく聞くよ」

会話は、洋梨のケーキがなくなるまでにぎやかに続いていった。枝里は、もうそこには参加しなかった。

料理教室を片付けたあとは通常営業となり、六時ごろから客がちらほらと来たが、十時前にそれも途切れ、早めに店を閉めた。夫妻が置いていった食材を、三人で分けた。枝里は、洋梨はきらいだと言って、玉葱ばかり袋に詰めて帰って行った。

「カトレア」に一人残った千歳は、二階に上がって荷物を片付け始めた。三週間ほど寝泊まりをしていただけでも、なにかと物が増えていた。洋服、化粧品、充電器、文庫本。

押し入れの前の衣装ケースをどけると、箪笥と壁との隙間に大判の紙が挟まれているのに気づいた。引き出してみると、一つはカレンダーだった。昭和三十二年のもので使われた形跡はなく、表紙もついたままだった。富士山や日光など観光名所の絵が描かれていた。

もう一枚は、折りたたまれていて、広げてみると地図だった。このあたりの住宅地図で、何度もひろげたり畳んだりしたせいで、折り目は擦り切れ、破れているところもあった。配達先だったのか、名前や集金日がいくつか書き込まれていた。

千歳は、畳の上にその地図を広げ、破れ目が広がらないように気をつけながら、隅の折れていた部分も丁寧に伸ばした。長い間に積もった埃で、掌がべたついた。

薄い黄色の紙の上の街は、黒い線で表されていた。今はもう暗渠《あんきょ》になった川があったり、地下鉄の駅がなかったりしたが、大きな道は、だいたい同じだった。団地は、まだ木造平屋の時代だ。右横と下の部分には、商店の広告が並んでいる。この建物で最初に営業していた「北川青果店」の名前もあった。線で表された道を指でたどりながら、千歳は勝男に聞いた話を思い返していた。勝男が詠子と最初に会ったのは、この地図のこの道だろうか。詠子の勤め先から二人で歩いた道はたぶんここ。たどっていくと、川に出る。だけど、地図の端で道は途切れる。

青果店が喫茶店になったころには、団地はすべての棟が完成して、今と違って白く輝いて見えた。あゆみがエミリ夫妻の古着屋で働いていたころの東京。「カトレア」の客たちから聞いた、十年前や二十年前のこのあたり。どれも、少しずつ違う風景だ。

わたしが今いる場所は「北川青果店」と書いてあるここ。団地から通う道は今よりも幅が狭い。会社から大通りを避けて通る路地は、この地図ではところどころ行き止まりになっている。

地図に描かれた大まかな地形と地名だけが同じで、いくつもの別の世界が乗っかっている。誰も、自分の世界しか生きていないが、共通の地図を使っているから同じ街だと思っている。別の時代の街も、別の暮らしがある街も、自分が知っているところと同じだと思っている。自分が見た街ではない時間の街を、すぐ近くにいる別の誰かが見た街を、直接見ることはできないのに。たとえ同じ場所にいても見ることができないのだと、思い知ることしかできないのに。見ることができないからこそ、わたしはどうしても見てみたくなる。知りたいと思う。

千歳は、長い間、その地図を眺めていた。いくら眺めていても、地図の上の黒い線は、動くことも変わることもなかった。

火曜の夜、千歳は一俊に電話をかけた。仕事が終わって、駅に向かっているところだと一俊は言った。

「一人で帰るには荷物が多いから、寄ってもらえる？」

三十分ほどで、一俊は「カトレア」に来た。自転車の前かごと荷台に荷物をくくりつけ、二人で夜の道を歩いた。千歳は古い地図を見つけた話をした。お客さんたちに話を聞きたいから、「カトレア」のバイトはこれからも続けることも。一俊は、へえー、と言ったが積極的な興味はなさそうで、興味がないのに聞いてくれるのはいい人だと千歳は思った。

交差点のスーパーマーケットで、食パンとりんごとインスタントコーヒーと牛乳を買って帰った。四階の部屋に着いてから、コーラかなにか買ってくればよかった、と一俊が言った。

千歳は、荷物を片付け、洗濯物を洗濯機に放り込んだ。片付けているあいだ、一俊は溜まっていた食器を洗い、ノートパソコンを開いてメールをやりとりした。

同じ部屋の中で、自分以外に動いているものがいる。自分の意思とは関係なく、勝手に動いている人がいる。この小さな空間に、誰かがいる。面倒だが、それが誰かと生きていくということなんだろう、と千歳は思った。

横になってから、千歳と一俊はしばらく抱き合ってみたが、千歳は三分もしないうちに眠ってしまった。


明け方に、千歳は目が覚めた。

とっさに、ごみを出さなければ、と思って起き上がった。窓の外からカラスの声が聞こえた。数か月暮らしただけでも、習慣というのは身についてしまうものだと千歳は、傍らで眠っている一俊を見下ろして思った。

そのまま起きてごみを出しに行ったら、冷たい風に体が震えた。なにか上に羽織ってくればよかった。

階段の下に、一俊が立っていた。千歳を見つけて、小さく手を振りながらあくびをした。一俊が羽織っていたスウェットパーカを千歳が借り、そのまま二人で、団地を一周した。

「この団地って、幽霊出るとか怪談話とかあるやん」

「らしいね」

「もし、その幽霊っていうのがここに、団地が建ってからでも、その前でも、ここにいた人やったら、その人たちに会えるってことなんやったら、話してみたい。話を、聞いてみたい。それが、ものすごい恨みでも、つらい話でも、怖ろしい話、ひどい話でも、わたしは聞きたい」

「そう」

「でもたぶん、その人たちとしゃべることはできへんのやろな」

「そうかも」

「うん、たぶん」

覚えている人が誰もいなくなったとしても、確かに、ここにいた人たち。

きっと、彼らはなにも言わない。ただじっとわたしを見る。

カメラに慣れない時代の、古い写真に写る人たちのように、怪訝そうに、こちらを見つめる。

蛇行した遊歩道を上りきったところで、千歳は振り返った。坂の向こうに広がる家、ビル、マンション、低い建物、高い建物。木。コンクリート。鉄。ガラス。

それらはすべて、誰かがいる場所だった。働くだけの場所、眠るだけの場所、誰かが誰かと話している場所。今は誰もいないが、誰かがいたことがある場所。誰かがいるために作ったのに、その誰かが来ないままの場所。見える限りの街は、誰かのための場所で埋め尽くされていた。

晴れていて、暑かった。

道の両側にあった家は、今は残骸に過ぎなかった。空襲の翌日だった。焼けた家や黒焦げの死体を、何人もが見に来ていた。

性別もわからない死体を、しゃがみ込んで見ている老人がいた。身内の死を悲しんでいるようには見えない。観察するように、左右に頭を動かしてずっと見ている。なにかするつもりだろうか。少年は、その老人の脇を通り過ぎながら思ったが、すぐに忘れた。どうでもいいか。あの男も、今日死ぬかもしれないのだ。それに、自分が一年前まで住んでいたこの辺の様子を見に来たのも、見物気分じゃないのかと言われれば、明確に否定できない。

まだくすぶっている残骸もあった。ラジオの音もなく、人の活動している音が消えて、静かだった。たまに通るトラックのエンジン音が遠くからでも聞こえた。

歩き疲れて、少年は、焼け跡でしゃがんでぼんやりしていた。すぐ先の道路を、荷車がゆっくり通った。かけられた筵《むしろ》から、白い脚が飛び出していた。裸足で、足首までは黒い泥で汚れていたが、そこから上は真っ白い、人形のような脚だった。若い女を、少年は想像した。空襲のときに死んだのだろうか、それとも病気だろうか。どうでもいいか。汗が頭から耳の前を流れ、顎《あご》を伝って地面に落ちた。

荷車が通り過ぎたあとの轍《わだち》で、なにかが光った気がした。少年はしばらく光った場所に目を凝らしていたが、もう一度光が見えた気がしたので立ち上がって、近づいていった。

指輪だった。なにでできているのか少年にはわからなかったが、真鍮《しんちゅう》のような色の輪に透明に光る小さな石がはまっていた。それを見たとき、女の指を思い浮かべた。さっきの脚のような、痩せた白い指。少年の脳裏に、轍に落ちた指輪がその白い指にはまっているところが、はっきりと浮かんだ。

荷車は、もう遠ざかっていた。周りにも、人影はなかった。少年は、指輪をひろってズボンのポケットに入れた。ポケットに穴が空いていないか、手を突っ込んで何度も確かめた。

一時間歩いて、崖下の小屋に戻ったが、誰もいなかった。小屋の裏手を掘り返し、ブリキ缶を取り出した。もとは茶葉が入っていたその缶の中に指輪を入れた。こすれたような小さな音がした。その中に入っている鉛筆三本。それだけが、少年の持ち物だった。

13

家出から連れ戻されたあと、中村直人は家から滅多に出られなくなった。塾に行く以外は、一人で出歩くことを禁じられた。団地内やバス停で直人の姿を見かけるときは、必ず、父親と母親が一緒だった。

彼らは、にこやかに話していた。ごく普通の、むしろ仲がよくて羨ましがられるような家族に見えたし、同級生の親たちも、あんなにいいご両親なのにね、頭のいい子は扱いが難しいんじゃないか、などと噂した程度で、それも短い間のことだった。一俊たち同級生は、あんなに親がどこでもくっついてきたらうっとうしいだろうと同情したが、直人自身は同級生たちに不満を漏らすことはなかった。

枝里がゲームをしたがっているから連れて行くと言うと直人の外出が許されるらしく、直人と枝里は、一俊の部屋へ週に二、三度やってくるようになった。一俊がめずらしいゲームを持っているから、と直人は母親に説明していたが、ゲームの本体もソフトも、全部直人の持ち物だった。両親にも祖父にもゲームを買ってほしいとは言えなかった一俊は、最新のソフトをいつでも直人が持ってくることにあらためて驚いた。それで遊べるのは確かに楽しかったが、両親と歩いているときの直人の、表情のない笑顔としか言いようのない常に同じ種類の顔を思い出すと、羨ましいとは思えなかった。

ときどき、一俊の部屋で直人は眠ることがあった。ちょっと昼寝する、と言って横になると、本当にすぐに眠ってしまった。眠っている直人は、まったく動かなかった。すべての機能が停止したように、じっと見て確かめなければ呼吸もしていないように見えた。

そのあいだ、一俊は枝里と二人でゲームをすることになり、共通の話題も少ないので居心地が悪かった。枝里も同級生の女子たちと遊んだほうが楽しいはずなのにどうしてしょっちゅううちに来るのだろうかと、一俊は思いながらも、ゲームの操作や裏技を聞かれれば教えたし、お茶とたまにはお菓子も出してやった。

「お兄ちゃん、ときどき、夜中に一人で起きてる」

あるとき、枝里が言った。そのときも、直人は部屋の隅で電源の切れたおもちゃの人形のように静止していた。

「ふーん。ゲームでもやってんの？」

「一人で、ただずっと座ってる」

枝里は、画面を見つめたまま言った。

「真っ暗な中で」

画面では、マリオの乗ったカートがビーチを走っていた。両親がいる海辺の温泉町を、一俊はふと思った。

「じゃあ、昼間は眠いよな」

一俊がわざとらしくあくびをしてみせると、枝里は、頷いた。勝男が帰ってくると、直人はすぐに起き上がり、枝里の手からコントローラーを奪い取った。

直人と枝里の父親がめずらしく早く帰ってきた夜があった。そのとき、直人は塾に行っていたので、枝里と両親が三人で食卓についた。細長い皿にはよく焼けた秋刀魚が載り、小皿には枝里の苦手な茄子の煮浸しが盛られていた。先に食べようか、最後に飲み込んでしまおうか、とちらちら気にしながら枝里が秋刀魚をつついているあいだ、母親は、直人の塾での成績を父親に報告していた。いちばん上のクラスに入ったのだと、母親は言った。数学の成績は系列の他の教室を合わせてもかなりの上位で、塾の担当者はどこの高校でも狙えると言っていると話す母親の声は、少しうわずっていた。父親は、しばらく黙って聞いていたが、唐突につぶやいた。

「どこで間違えたんだろうな」

そして、グラスのビールを飲み干し、

「最初からやり直したい。まっ白な直人がもう一度生まれてくれれば、正しい家族になれるのに」

と、はっきりした声で言った。母親は、その間、動きを止めていたが、さっきまでの笑顔に戻って、言った。

「わたしたちには、あの子しかいないんだから。あの子しか、いないのよ。間違った直人が、正しい直人になるために、がんばりましょうよ」

父の目にも母の目にも、すぐそばにいる枝里は映っていなかった。枝里だけでなく、この部屋のすべてを彼らは見ていない。それに気づいて、枝里は体の中心が凍りつくように感じた。そして、父親と母親が言ったことを、兄は知っているのだと枝里にはわかった。ずっと前から、父親と母親が思っていることを兄は聞かされ続けてきたのだと。枝里は、嫌いな茄子を口に入れた。油がまとわりついたはっきりしない感触が口の中でさらに崩れ、気持ち悪かった。

エレベーターを降りて、枝里は廊下を歩いた。誰の姿もなかった。どこかの部屋から、話し声が聞こえたが、近づくとテレビの音だとわかった。ずいぶん前、十年も二十年も前から、この団地では人の話し声をほとんど聞かなくなった。廊下で誰かが立ち話をしているところに出くわすこともないし、部屋から子どもの騒がしい声が聞こえることもない。薄暗い廊下には、大きな音をたてるのを躊躇《ちゅうちょ》するような緊張が満ちている。テレビがついているのは誰かがいるということだが、わざとらしい笑い声や呼びかけだけが聞こえると、留守の部屋よりも無人の気配がする、と枝里は思った。無人の気配、って変な言い方、と一人で笑いたくなった。

帰ろうとしている部屋も、同じだった。無人の気配のなかに、今は自分だけが残っている。そして、それはもうすぐ終わる。

風呂場を掃除しながら、千歳は、箱のことを考えていた。勝男が高橋征彦に預けた、詠子の写真と誰かの指輪が入った、小さな箱。

高橋征彦は、箱をずっと持っていた。自分の姉の写真が入っていると知らないまま、あの扉の向こうの小さな部屋のどこか、箪笥か押し入れの奥に、納めてあった。

そうだとして、ここから引っ越したとき、彼の家族がそれを見つけたとしたら、姉の写真が入っていても特に不思議には思わなかっただろう。実家から持ってきた荷物の中に紛れていたのだろう、と考えたに違いない。そのまま持っているか、それとも。高橋詠子に渡したか。もし、彼女がまだ生きていたら。そのとき。それから、今。彼女はまだ生きているんだろうか。

風呂用洗剤の黄色い液体は、ファンタオレンジにそっくりのにおいがした。子供のころ、ここと同じく狭い風呂場の掃除は千歳の役割だった。泡が立つのがおもしろくていつまでもやっていて、両親に怒られたことがあった。それはもう、遠い昔のことだった。

十一月に入ってすぐの連休に、千歳と一俊は団地から自転車で二十分ほどの場所にあるアパートへ移った。積み上がった段ボール箱は一俊が同僚から借りてきたワゴン車で二往復もすればじゅうぶんな量しかなかった。

四〇一号室から荷物を運び出しているときに、隣の川井さんが顔を出した。大変ねえ、と言いつつも、手伝うことはできないので、階段を上ったり下りたりする千歳と一俊に合わせて首を上下させて様子を見ていた。団地の欅や桜の葉は、もう半分ほどが茶色やオレンジ色に変わりつつあった。

「紅葉、来週あたりがよさそうですね」

階段を上ってきた千歳は、踊り場で一息つき、川井さんを見上げて言った。

「楓《かえで》なんかは、もう少しかかりそう」

川井さんは、階段の開口部から歩道と植栽を見下ろした。白い山茶花《さざんか》が咲き始めているのが、千歳のところからも見えた。

「お花見にはいらっしゃいよ。あれを見ないままなんて、もったいないから」

川井さんはそう言って、部屋に戻っていった。

全部荷物を運び終わってから、千歳は自転車に乗って一人で団地に向かい、四〇一号室を掃除しに戻った。家具はそのまま、といっても、積み上げていた千歳の荷物がなくなると、部屋はかなりすっきりしていた。自分がいた形跡なんて、こんなにあっさりとなくなってしまうものなのだと千歳は思った。今朝までここで寝起きして、朝ごはんもいつもと同じようにコーヒーと食パンを食べたのに、もうよそよそしくなってしまっている。でも、今日から別の部屋で暮らすのにこの部屋にも親しいままでいてほしいのは欲張りかもしれない、と千歳は考え、掃除を急いだ。

翌週、勝男が団地に、四〇一号室に戻ってきた。やっぱりいいなあ、と勝男は、部屋を行ったり来たりしながら何度も言った。三日間は圭子が付き添ったし、そのあと一週間は、一俊が泊まって、生活に支障がないか様子を見た。階段の上り下りは気をつけなければならなかったが、料理もできたし、圭子が不安に思っていた認知症らしき言動も見られなかった。

千歳も、「カトレア」のアルバイトがない日には、会社帰りに団地に寄った。自転車で走るには、そろそろ風の冷たさが厳しくなり始めていた。呼び鈴を押しても返事がなかったので、千歳が鍵を開けて部屋に入ると、勝男は、窓辺に座って、外を眺めていた。

「いい景色だな」

千歳は立ったまま窓の外を覗いた。

隣の棟と、植え込みと欅の木。代わり映えのしない風景だった。緩く蛇行した歩道には、めずらしく人の姿があった。自転車を脇に停めて、男が二人なにか話をしている様子だった。よく見ると、昔の郵便配達で使っていたような古い型の自転車だった。二人の男も、時代がかった裾の長いコートにハンチング帽を被っている。しかし、夕闇迫る中では、男たちの顔や服装の細かいところは判然としなかった。

「なに話してるんでしょうね」

「さあ」

勝男は特に興味もなさそうに答えたが、視線は男たちのほうに向けたままだった。彼らは、そこから動く気配はなかった。

「今日、鍋にしようと思うんですけど」

「またか」

勝男は、千歳の顔を見て笑った。

「鍋が好きなんですよ、わたし」

「面倒だったらいいんだぞ。おれは飯の準備なんてすぐできるんだから」

千歳は、勝男の前に腰を下ろした。

「今さらですけど、ほんとに、お一人でだいじょうぶですか。わたしたちがいると、狭くなっちゃいますけど、たとえば、わたしが毎日晩ごはんをここに食べにくるとかも、できるかもしれないし」

「一人でいいんだ」

勝男は、千歳が今までに聞いたことがなかった強い声で言った。

「ここは、おれのうちだ。ずっと、そうだったんだ」

外では風が吹きつけ、残っていた欅の葉を散らした。四階の窓までその葉がときおり飛んできた。

「あんたは、ちょっと間借りしてみただけじゃないか」

千歳はなにも答えられなかった。

「おれの孫と結婚したんだろ」

「そうですね」

「カズがときどきうるせえんだから。千歳さんはじいちゃんのほうがしゃべりやすそうだとかなんとか。さあ、飯作るなら作ってくれよ」

そのあとも、勝男は窓辺に座ったままぼんやりしていた。


枝里から、引っ越し先が決まった、とメールが来た。以前アルバイトをしていたデザイン会社の先輩が独立したので、そこで働くことになった、と書いてあった。

「事務所は蔵前《くらまえ》やって。あのへん、最近おしゃれなカフェとかもできてるもんな」

そのことはまだ一俊は知らなかったようで、枝里が自分に先に知らせたことを、千歳は少しうれしく思った。

千歳と一俊の新居は、団地の部屋よりも少し広くなった。２ＤＫで、床はフローリング柄のクッションフロア。古いマンションの三階でエレベーターがなかったが、四階分の階段に鍛えられた千歳には、苦にはならなかった。ベランダの外が隣の雑居ビルの裏側で非常階段があるのが多少不満ではあったが、家賃と広さと団地からの距離を考えると、ここがいちばん条件を満たしていた。ときどき、非常階段で煙草を吸う人が見える。ビルにどんな業種の会社が入っているのか、表から見てもわからなかった。

こたつでお茶漬けをすすっていた一俊が、顔を上げた。

「蔵前？　そうだっけ？」

「そうらしいよ」

「住むのは柴又だったよね」

一俊は、テレビに目をやりながら言った。ニュース番組では、どこかの動物園で豹の子供が公開になった様子を伝えていた。

「寅《とら》さんのとこやんね。枝里さんは、あの映画嫌いなんだけどね、って言うてた」

「行ったことないなあ。寅さんも観たことないけど」

部屋探しで初めて行ったのだと、枝里も書いていた。せっかく初めて引っ越すのだから風景の違うところ、川に近いアパートを選んだ、と。

「ほな今度遊びに行こうよ」

「なにがあるんだっけ」

「団子屋さん？　あと、帝釈天《たいしゃくてん》」

こたつを置いてよかった、と千歳は思っていた。足下が温かいのは、いい。

「寅さんって、どんな話？」

一俊に聞かれ、千歳の頭にはテーマ曲と渥美清の前口上が浮かんできた。どんな話。

「全然家に帰ってこないお兄さんと、家にいる妹がいて、お兄さんは全国各地でマドンナに出会うけどいつもふられる」

「なんで？」

「わたしもちゃんと観たことないから、よう知らんけど」

千歳は、お茶をもう一杯飲もうと、立ち上がった。

「遠いよな」

一俊がつぶやいた。

「おんなじ東京やん」

千歳は返したが、どの電車に乗ってどれくらいかかるのか知らなかった。外は寒そうだった。

勝男が死んだのは、二月の半ばの土曜日だった。

朝、千歳に持たされたりんごを抱えた一俊が部屋に入ると、勝男は布団を被って眠っているように見えた。話しかけてもなんの反応もないので、顔を覗き込み、その肌の色があまりにも白いことにようやく気づいた。母親と救急車とどちらに先に電話するべきか迷ったのは動揺していたからだと、一俊はあとから思った。

救急車の到着を待つあいだ、一俊は祖父の傍らに座っていた。顔を触ってみた。冷たい、というよりは、温度がない、と思った。じいちゃん、と言ってみた。返事はなかった。もう一度、じいちゃん、と出そうとした声が詰まって、それからはじっと祖父の顔を見つめていた。

心不全、ということだった。前日に一俊と千歳が電話で話したときは変わった様子もなかった。寒い日だったが、団地内の集会所で行われた通夜にも葬儀にも、思ったよりも大勢が訪れた。一俊や圭子も知らなかった思い出を話してくれる人もいた。遠くの引っ越し先から来てくれた人もいた。

「よかったわねえ、すぐ見つかって」

よ」

「うちのおじいちゃんは、解剖になっちゃってかわいそうで」

「うちの兄貴のときは警察が来てちょっとした騒動になったから近所で噂が立って困ったよ」

「一人で死ぬのは覚悟してるけど、とにかく早く見つかれば」

「誰かに鍵を預けとこうかしら」

会場をあとにした勝男と年の変わらない人たちは、そんな話をしていた。

通夜が終わるころ、見覚えのある男性が入ってきた。千歳が人違いしていた「高橋さん」だった。大方の人が会場を出て行ってから、「高橋さん」は千歳に話しかけてきた。

この度は急なことで、と頭を下げた。

こんなとき遺族のほうはなんと返答するのが最適なのか、ずっと圭子の受け答えを確かめていたのだがまだうまくつかめず、いえ、本日は来ていただいて、と語尾のはっきりしない言葉を返した。高橋さんは、お悔やみの挨拶には慣れているようで淀みなく哀悼の意を告げたあと、言った。

「実は、高橋さん、あなたが探してたほうの、ほんものの高橋さんね」

「すみません、あのときは失礼なことを……」

「同じ階だった人に連絡先を探してもらってたんですよ」

すでに引っ越した元同じ階だった別の人に消息を聞いた、と高橋さんは説明した。

「奥様もう亡くなられたそうで。お子さんは、福岡に住んでるそうです」

「そうですか。奥様も……」

「それで、高橋さんのお姉さんていう方が、東京で、どちらかの高齢者施設で暮らしてらっしゃるんじゃないか、って」

尋ねた元住人もまた別の知人に聞いたので、詳しいことはわからないらしかった。高橋さんは、祭壇のほうを振り返った。簡素な祭壇の上で、勝男の遺影が白い花に囲まれていた。

「おじいさん、ここができたときから住んでらっしゃったんですよね」

「できる前です。この近くで生まれて、団地が建設されるのも、ずっと見ていたみたいで」

「そうだったんですか。なんだか羨ましいな。わたしは、岩手の山に囲まれた小さな町を十八で出てきて、そこにはとうの昔に誰もいないし、何十年も帰ってないんですよ」

高橋さんが、勝男のどの部分を羨ましいと言ったのか、千歳には判断がつかなかった。生まれたところに住み続けていたことなのか、東京で生まれ育ったことなのか、団地が建つころの風景を知っていることなのか。自分も勝男をどこかで羨ましいと思っていた。

「もしまたなにかわかったら、お伝えします」
高橋さんはそう言って帰っていった。しかし、それきり連絡はなかった。

千歳が、四〇一号室の片付けに向かったのは、三月も半ばを過ぎた土曜日だった。部屋の引き渡しの期限が迫っていて、すでにほとんどのものは業者に頼んで運び出していた。今日の夜、一俊が会社の同僚の車で立ち寄って、残したものを持って帰って、それで終わりだった。荷物を整理して家具を運び出すときに、高橋詠子やそのころの勝男のことがわかるものがなにか出てこないか、千歳は期待を持っていた。指輪の話もとうとう聞かないままだったからその手掛かりもと思ったが、見つかったのは、勝男が花江と暮らし始めたころの写真が何枚か貼られた薄いアルバムだけだった。台紙が変色しているのに比べると、小さな白黒の写真はほとんど傷みもなかった。若いころの花江の顔は、千歳が想像していたのと違った。目の丸い、かわいらしい顔立ちだった。手編みの白い毛糸のケープを着た二歳くらいの圭子の写真を、一俊は、かわいいと何度も言ってスマートフォンで撮影もした。

清掃業者が入るだろうからそんなにきれいにしなくてもいいのだが、千歳は最低限の掃除はしておきたかった。畳や窓を拭いていると、呼び鈴が鳴った。ドアの外には、メイが立っていた。

「どうも」

髪が短くなっていた。さらに背が伸びたようにも、千歳は感じた。

「ありがとう。上がって」

団地に行く、と一週間前に千歳がメイにメッセージを送っていたのだった。

「ふーん」

と、入ってきたメイは部屋の中を見回した。

「なんにもないと、広く見えるね」

なにもないから、メイにお茶も入れられなかった。千歳がコンビニエンスストアで買ってきた緑茶とオランジーナを差し出すと、メイは緑茶を取った。

掃除のために窓は全部開け放っていたが、風がないので日が当たっているところは暖かかった。メイは、ベランダ側の日だまりに立ち、しばらく空を見上げていた。

「おばさんは、もうここに来ないの？」

「それこそ不審者になっちゃうからねえ」

「いまさら」

メイは、軽く笑った。

「あのー、メイさん、あのね、わたしでよかったら、勉強、見たりできるよ。同僚の息子さんが受験生だったから、教科書とか問題集とか見せてもらったんだけど、高校受験ぐらいならなんとかまだわかりそうだった。数学だけ苦手なんだけど、そこは夫に頼めるし。愛想は今ひとつだけど……」

メイは立ったままペットボトルの緑茶を飲み、真顔で千歳を見ていた。

「それか、バイトしてるお店のお客さんで誰か探してもいいし。確か、塾の講師の人が」

「なんの店？」

「食堂っていうか、飲み屋っていうか」

「そっち紹介してよ。時給いくら？」

「高校生ならバイトはできると思うけど……。ほんとに、いつでも」

「おばさんも、めんどくさい人？」

メイににらまれているように、千歳は感じた。

「どうせできないことだったら、中途半端に関わらないほうがいいよ」

「そうかもしれない」

千歳は、「カトレア」に来る編集者だという客からもらった、中学生向けの本や推理小説の文庫本をメイに渡した。紙袋を覗いたメイは、あ、この本知ってる、と言った。

団地の外までいっしょに行こうかと千歳は言ったが、メイは断った。そして、振り返らずに遊歩道を歩いていった。

メイは、千歳にあの夜のことを話してもいいと思っていた。話さなくてもいいとも思っていたが、話したい気もしていた。結局話さなかった。だから、その夜、前に一度使ったことがあるインターネット上の小説投稿サイトに書き込んだ。

あのとき、トンネルに入ったのはほんと。前にも行ったことある場所だったけど、なんかあの日だけ見つかったんだよね、草のなかに道みたいなのができてて。扉っていうか、ふたっていうか、鉄の板だけどそれもすぐ開いたし。中は単に狭い箱だった。トンネルの中にしばらくいて、スマホの充電も切れそうだったし、ただぼんやりしてたら寝てたみたいで。それで目が覚めたら、奥の壁がちょっと遠くなってた。暗いけど、そこがドアになってるのがわかった。入るしかないし、ドアを開けたら、同じくらいの広さの箱になってて、また扉があって、それを開けたら知らない人の家の中だった。振り返ったら、自分が出てきたところはトイレだった。えー、って思ったけど、そんなにおどろかなかった。前から知ってたから、その話。押し入れかなんかのほうがよかったな。友だちの部屋と間取りはいっしょ。台所があって、その向こうの部屋に入ったら、子供がカレーライス食べてた。男の子、小三とか四とか、そのぐらいの。テレビがついてて、なんかニュース番組見てた。外国のこと言ってた。男の子は、わたしのことはときどき見るんだけど、なんも言わなくて、つまんなかった。

わたしはテレビの前に座って、お腹空いたなーって思って、カレーライスわたしにもくれないかなって思ったんだけど、言ってみたんだけど、なんも答えてくれなかった。台所に行ってみたけど、鍋にはもう残ってなかったし。

玄関ドアが開いて、おじいちゃんが、おーい、カズ、って呼ぶのが聞こえた。そしたらやっと、男の子がわたしに向かってしゃべった。帰ったほうがいいよ、って。だから、わたしは帰ることにした。

千歳は、ゆっくり歩いて、立ち並ぶコンクリートの建物たちを見上げた。無数のベランダと廊下と扉が、規則正しく並んでいた。毎日同じ場所にあって、そのときも変わらなかった。高低差のある敷地を歩いていると、高層棟の廊下側がよく見える場所に出た。同じ形、同じ重さの扉。水色か薄い黄色の、新聞受けのついた金属の冷たい扉。その中には、誰かが住んでいる。家族か、誰かの家族だった人。家族と離れている人。家族を作ろうとした人。家族になった人。一人で過ごしている人。すぐそばにいるのに、どんな暮らしをしているのか、扉の向こうは見えない。

団地を一周したあと、角のスーパーマーケットで弁当とお茶を買って、部屋に戻った。弁当の鯵《あじ》フライをかじりながら、昔は総菜屋だったというあのスーパーの弁当はおいしいとあらためて思った。今住んでいる部屋の近くのスーパーだと安いだけで味は望めない。

食べ終わって、もう掃除も済んですることも思いつかなかったが、なんとなく帰る気持ちになれず、千歳は窓にもたれて、外を見ていた。

ほんの二、三か月前には、勝男がここで同じ姿勢で団地の風景を眺めていた。何十年も見続けてきた風景だった。すでに、その風景も部屋の中も、ここから離れると千歳はところどころ思い出すことができなくなっていた。箪笥の上にはなにが置いてあったか、向かいの植え込みにはなんの花があったか。今、実際に目で確かめると、そうそうこんなだった、と納得するが、いつまで覚えていられるか、自信はなかった。

歩道の端に、人が立っているのに気づいた。千歳は、窓ガラスに顔を近づけて、目を凝らした。年配の女性。白髪が夕陽に光っている。ベージュのコート。こちらを見上げているように、思えた。

あれは、もしかして。

千歳は、窓を開けた。冷たい空気が、いっぺんに流れ込んできた。

「あのー」

身を乗り出し、声を上げた。

「すみませーん」

千歳は、右腕を大きく振った。しかし、老女は千歳を気にかける様子はなく、微動だにせず棟を見上げたままだった。

千歳は、急いでスニーカーをつっかけ、階段を駆け下りた。滑りそうになって、スニーカーを履き直し、ようやく一階まで下り、歩道に飛び出した。

静かだった。歩道の脇で、咲いたばかりの水仙が傾いた日差しを浴びていた。誰もいなかった。

その人は、もういなかった。

解説

岸　政彦

本書冒頭近くに、主人公がひとりでラーメン屋に入って塩バターコーンラーメンを注文する場面がある。ラーメンに付いていた「小型の穴じゃくしのような、コーンの粒をうまく掬い取るためのスプーン」を見て、これいくらぐらいするのか、他に使い道あるのかな、と想像する場面がある。

二行ぐらいの、このとても短い文章で、私たち読者は、柴崎友香の小説が持つ膨大な時間と広大な空間のなかに、たった独《ひと》りで放り込まれることになる。

いくらぐらいするんだろう、という問いは、大阪ではありふれた、日常的なものだが、この問いかけによって私たちは、「小型の穴じゃくし」のような道具も、それを設計し作る人びととその会社があり、それを流通させる業者がいて、そしてそれがどこかの業務用の卸店で売られ、そしてその小さなラーメン屋までにたどり着いたのだ、という事実に気づかされる。「いくらぐらいするのか」というふとした問いから、私たち読者は、そのなにげない、とるにたらない「小型の穴じゃくし」がこの世界で辿《たど》ってきた長い長い旅路に、主人公と共に思いを馳《は》せるのである。

そして同時に、このふとした想像から、穴じゃくし、おたま、蓮華《れんげ》、スプーンという、「似てるけど異なる」ものたちの、果てしない交換と変換の演算が広がっていく。それは、普段私たちの使っている、穴のあいていない普通の蓮華や杓子《しやくし》やスプーンを含めた、広大な意味付けと使用法のネットワークの起点なのだ。

もっともありふれた、身近なものが、常に「他でもありうる」ことの可能性と、恐ろしさと、美しさ。柴崎友香の小説は、わずか一行か二行で、長い旅路や広大なネットワークの存在を想像させる。

柴崎の小説にはいつも、ここではないどこか、いまではないいつか、わたしではないだれかに対する、ひそやかな想像が描かれる。それが柴崎の小説の、もっとも重要なテーマだと思う。

穴のあいた杓子が穴のあいてない蓮華を連想させ、さらにスプーンやおたまの存在を思い起こさせるように、柴崎友香は読者に、「過ごしたかもしれない別の時間」「生きたかもしれない別の人生」「そうだったかもしれない別の存在」を想像させる。過去はつねに別の過去だったかもしれない。あるものは、常に別のものでもありうる。私ではない誰かの人生を生きていた可能性。

こうした、連鎖と交差、変換と演算、交換と切断の悲しさ、切なさ、寂しさ、愛しさが、柴崎の小説にはある。柴崎の作品には、時間と空間に関する、独特の感覚がある。時間が過ぎていくこと、空間がそこにあることに対する、純粋な愛惜《あいせき》の感覚。

そして柴崎友香の小説には、「私」がいて、「私ではないひと」がいて、「私だったかもしれないひと」がいて、「私ではなかったかもしれないひと」がいる。

つまりここには、人生がある。ひとりの「私」として生きていくことの不思議さがあるのだ。

千歳は、夫の一俊の祖父である勝男から、ある男を探すように頼まれる。千歳は、昭和の時代に建てられた巨大な団地のなかでその男を探す。あらためて振りかえってみると、『千の扉』のストーリーはとても単純だ。頁数もそれほど多くない。でも、ここに描かれているのは、何千という扉のむこう側にいる、何千、何万という人びとの人生だ。戦争中から現在までに流れた七十年という時間のなかにひろがる、膨大な人生。

千の扉の向こう側の物語が、時間を自由に行き来しながら、様々な視点から語られる。この団地で特撮ヒーローもののロケがあった。出演した若い女優と俳優は、その数年後にその道を諦め、別の仕事に就くことになる。

千歳がバイトする「カトレア」という喫茶店は、もともとは北川青果店という八百屋で、その二階にアキという女が間借りして短いあいだ暮らしていた。男に殴られて金を持ち逃げされ、家賃が払えずアパートから追い出され、行き場をなくしていたのだ。しかしアキはせっかく住まわせてくれた北川青果店の売り上げを盗んで、どこかへ消えてしまう。

衣料品卸しの会社で働いていた男がいて、あるトラブルに巻き込まれて執行猶予付きの有罪になる。居場所を失った男はこの団地の広場に来て、ベンチに腰掛けてただぼんやりとタバコを吸っている。彼は実は、千歳が探している男とかすかなつながりがあるのだが、そのことは誰も知らない。

三島直美は千歳の職場の同僚で、歳も近いのだが、中学生と高校生の息子がいる。次男のほうは絵を描くのが好きで、美術科のある高校を受験したがっているが、直美は反対している。

ほんの数行だけ登場して、消えていく人びとの人生が事細かに語られ、物語は複雑に分岐していく。しかし、いつもの柴崎友香の作品のように、『千の扉』も、とても静かだ。人びとの人生は、淡々とした、簡潔な、しかし優しい言葉で描かれる。

そういえば、柴崎友香の作品に出てくる人びとは、あまり喋《しゃべ》らない。主人公の女性も喋るのが下手で、そして彼女が好きになってしまう男性もいつも、無愛想で喋るのが苦手だ。本作でも、一俊が大事なことを喋らないせいで、千歳とのあいだにちょっとした諍《いさか》いが生じる。それぐらい、喋らない。ふたりはぽつりぽつりとしか会話を交わさず、それでいつも誤解や行き違い、とけない謎が生まれる。どうして一俊と結婚したのだろうと、千歳自身が不思議に思うほどだ。ふたりがあまりに会話を交わさないから、私たちはそのかわりに、倒れた自転車、ぬるくなった発泡酒、秘密のトンネル、洗濯物の干し方などに注意が向く。そしてさらに、そうした自転車やトンネルをまたいで、こんどはその外側に「世界」が広がっていることに気づく。登場する人びとが静かなぶんだけ私たちは、物語のなかの小さなささやきたちに耳をすませることになる。

そうした、静かな、淡々とした本書だが、団地の広さやそこに住む人びととの人生の膨大さだけではなく、戦後にこの国に流れた時間の長さが、戦時中や戦後の高度成長期のエピソードを通じて描かれている。ささやかな日常を描きながら、実はとても重厚な歴史物語でもあるのだ。しかしそれは、単純な大河ドラマなのではない。膨大な登場人物の生活のディテールを自在に行き来する時間軸のなかで詳細に描くことで、この作品は、ある事実を伝えている。私たちの人生というものが、孤立するものではなく、大きな「歴史と構造」のなかで、そして膨大な人びととのつながりのなかで織りなされているのだという、端的な事実を。

先日電車に乗っていて、窓から見える淀川の風景を、何となくiPhoneのスロー動画で撮ってみた。たまたまそのとき、反対側の電車とすれ違った。逆向きのスピードが加わり、電車はあっという間に通り過ぎていった。

動画を再生してみて驚いた。ものすごいスピードで通り過ぎていく電車に乗っていた人たちの影が、動画のなかに写っていたのだ。逆光になっていて、はっきりと顔はわからない。ただ黒い、人の形をしたものが、整然とシートに座っている。肉眼で見ることのできない幽霊のような人びとの影が、スロー動画に記録されていた。

毎日こんなスピードですれ違う人びとのことは、ほとんど記憶に残ることもないが、しかしかれらの存在は、たとえばiPhoneのスロー動画のなかに残されていて、私たちは日常的な時間の流れを早めたり遅めたりすることで、そうした人びとと出会うことができる。あるいは柴崎友香の作品のなかに。

私たちは、スローでなければ見えない速度ですれ違っていく電車や、何千もの扉をもつ巨大な団地のなかで生きている。そして、そこで生きている私たちには、それぞれに人生がある。千歳はいつまでも、「高橋さん」の扉を開けることに躊躇《ちゅうちょ》していた。しかし扉はいつか開かれ、そのかわりに、『千の扉』は最後の頁を閉じられる。しかし、閉じられたその頁のなかで、誰にも読まれないままに、膨大な人びとの人生が続いていくことを、つい想像してしまう。だから、柴崎友香の作品には、終わりがない。

この作品にたったひとつ欠点があるとすれば、それは「短すぎる」ということだ。私はこの『千の扉』は、五〇〇頁も一〇〇〇頁も、あるいはもっと長く、永遠に書き続けられるべきだと思う。

（きし・まさひこ　社会学者・立命館大学大学院先端総合学術研究科教授）

本稿は『新潮』二〇一八年三月号に掲載された『千の扉』書評を大幅に加筆修正したものです。

単行本『千の扉』二〇一七年十月　中央公論新社刊

中公文庫

千《せん》の扉《とびら》

2020年10月25日　初版発行

著　者　柴《しば》崎《さき》 友《とも》香《か》

発行者　松田 陽三

発行所　中央公論新社
〒100-8152　東京都千代田区大手町1-7-1
電話　販売 03-5299-1730　編集 03-5299-1890
URL http://www.chuko.co.jp/

DTP　ハンズ・ミケ
印　刷　三晃印刷
製　本　小泉製本

Published by CHUOKORON-SHINSHA, INC.
Printed in Japan　ISBN978-4-12-206975-6 C1193